深泥丘奇談

續

綾辻行人

Yukito Ayatsuji

郭清華—譯

導讀

趣味幅度更寬廣的怪談小說續作

推理小說家／林斯諺

《深泥丘奇談》是綾辻行人的怪奇短篇集，主角是一名年近五十的推理作家，自從進入深泥丘醫院就診後，每隔一段時間就會遇見超常怪事。《深泥丘奇談》便是以短篇連作的形式，述說主角的諸多奇遇。根據綾辻行人所言，主角是以自己的生活為模型，故事場景也是以作者本人居住的京都為藍本。因此《深泥丘奇談》除去超自然的部分，是最貼近綾辻行人日常生活的作品。

《深泥丘奇談．續》延續前作的模式，繼續以短篇的方式敘述主角經歷的各種恐怖怪事。與前作相同，每個短篇基本上都能夠獨立閱讀，故事彼此間雖然有時間順序，但這些故事就像「系列作」一樣，貫穿的是人物跟背景設定，每個故事間沒有太強烈的因果關係。因此，在未讀過前作的狀況下閱讀本書，並不會構成理解上的障礙，並且，在每個故事中多少都會出現「前情提要」，藉由自述者的回憶，提及先前發生過什麼事，方便未讀過前作的讀者了解梗概。不過，如果能將兩本書按照順序閱讀，得到的閱讀樂趣會最大、最完整，也能體會綾辻行人如何在第二集中做出突破性的變化。為求系統性，以下說明將一併討論前作《深泥丘奇談》與本作《深泥丘奇談・續》。

綜觀兩書，這些短篇故事大致可分為三類。

（一）非邏輯性的恐怖故事。

這類故事的特徵，在前作的導讀中已經由導讀者（劉韋廷先生）刻畫得十分精確：「以突如其來、溢出現實常軌的現象，營造出詭異中帶有一絲幽默的效果。」這類故事通常以奇怪的疑慮開端，主角觀察到生活上某一不可思議的奇怪現象，這恐懼或懸疑不斷攀升，結尾時以超脫常理的方式猛然收尾。這種收尾方式幾無邏輯可言，無伏筆可循，充滿跳躍與突兀感，並不求過多理性的理解或解釋，單以怪奇的效果取勝（綾辻行人稱之為「奇妙趣味」），因此為「非邏輯性」。深泥丘系列二作大部分的故事皆屬此類，猶如鄉野怪談，相當符合書名「奇談」之稱。底下（二）、（三）類中提到的篇名之外皆是屬於此類，可說是深泥丘系列的招牌特色。

（二）邏輯性的恐怖故事。

這與（一）相反，故事收尾方式是有邏輯脈絡可循、可理解的。這並非是指超現實異象在結尾皆可用科學解釋，而是指收尾的內容有明確、清楚的邏輯性脈絡可依循，讀者能夠體會到「可理解的意外性」，而非如前述跳躍式、突兀的意外性。這類作品包括前作的〈下個不停的雨〉、〈不可以開！〉，以及本作的〈狂櫻〉。在這幾篇作品中，結尾皆有個清楚的轉捩點，以致於讓讀者在讀完之際，會有「原來如此」、「恍然大悟」的感受，而非「這是怎麼回事」、「莫名其妙」、「摸不著頭緒」的反應。邏輯性與非邏輯性的表現手法各異其趣，可看出作者呈現奇談之方式多樣性。

（三）結合推理的恐怖故事。

綾辻行人畢竟是推理作家出身，在恐怖小說中結合推理成分是很自然的事，不過深泥丘系列中的這類故事難以完全被歸類為推理小說（在此特指解謎性強烈的小說），主要是推理小說的性質偏向輔助與點綴，因此在程度上比較趨向「含推理的恐怖故事」而非「含恐怖的推理故事」。在前作中，只有〈惡靈附體〉屬於這類，並且推理成分也是最強的一篇，基本上可歸類為推理小說（這篇是作者投稿本格推理企劃的作品，推理性才會特濃）；而在本作中，這類作品的推理性趨於淡化，但仍有一定佈局水準，因此讀者仍然可以領略推理解謎的樂趣，更突出的是洋溢的恐怖電影氛圍。〈恐是恐怖電影的恐〉、〈ソウ〉、〈切割〉等三作都是屬於此類。前兩篇尤其可見綾辻行人對恐怖電影的愛好，不但恐怖片的調性甚為強烈，也運用了恐怖片的相關知識，並且都結合了電影《奪魂鋸》（Saw）的元素，讓人讀了發出會心一笑。若能先觀賞過《奪魂鋸》第一集，絕對更能領會這兩篇的樂趣之所在。

在前作中，如導讀者所言，主角所遭遇的詭異事件「讓人摸不清一切究竟是真有其事，或只是主角不穩定的精神狀態幻想而成」。本作的其中幾篇作品，作者甚至直接光明正大地告訴讀者：這故事全是主角的夢境。也因為是夢境，光怪陸離的設定顯得更為自然，使得作者可以不受限於現實的囿限，在情節上有更大的發揮空間。〈心之黑影〉、〈恐是恐怖電影的恐〉、〈ソウ〉等三篇便是以此方式進行。在後兩篇中，主角於夢境裡搖身一變成為刑警，深泥丘醫院的主治醫師石倉變身成法醫，兩人搭檔偵辦超常詭異的凶殺案，如前所述充滿恐怖片氛圍，但又因為夢境設定的關係，讓想像元素更為大膽。至此，「奇談」直接轉化成推理恐怖片模式，令人耳目一新，可說是本作最大特徵。如此的書寫策略，意味著身為推理作家及恐怖片愛好者的綾辻行人終究不滿足於純粹的鄉野奇談，而正式將恐怖以及推理元素帶入，深泥丘系列也因此如作者所言「趣味幅度更寬」。這便是本作突破性的魅力之所在。

獻給母親

目錄

鈴

1

哐啷——我好像聽到了那樣的響聲。

那聲音來自附近的某處。那個某處，就隱藏在這個我剛剛踏入的陌生神社的早晨薄霧中。

哐啷、哐啷……地又響了，然後戛然而止。

接著，早晨恢復了原本的平靜。振動五月中旬、還有點涼意的早晨空氣的，是微微的風聲、野鳥的啁啾聲和我呼吸的氣息聲。

我慢步向前走。

瞬間，我明白剛才的聲音是神社的鈴聲。那是掛在參拜神殿前的賽錢箱上方的鈴，所發出來的聲響。

有人正在參拜嗎？

誰會在這麼早，在陽光還沒有完全露臉的時間就來參拜呢？而且還是來這樣寂靜的小神社參拜。

上了幾階生苔的石階，馬上就看到位於前方的建築物。那是正殿嗎？還是參拜的神殿呢？完全無法區別出那到底是什麼樣的建築物。因為隱蔽在蒼白的晨霧之中，只隱約地看得出是一座半腐朽的、小小的神社建築物。但是——

令人意外的是，那個建築物前面一個人影也沒有。

參拜的人已經離去了嗎？或者是……因為那個建築物有可以藏身的暗處，只是我沒有看到而已。

我再慢慢地往前走，一直走到建築物的旁邊。還是完全感覺不到有其他人的存在。

從鈴——正確的說法好像是本坪鈴[1]——往下垂的鈴緒[2]髒得發黑，看起來還帶著重重的濕氣。在我的正前方，緊閉著的格子門的木材也一樣腐朽了，木材上有許多裂痕與斷裂之處。賽錢箱也一樣，可以說已經壞掉了。

廢棄的神社。

我的腦子裡浮上這樣的字眼。

環顧神社境內，見不到辦事處，也看不到洗手池。方形的神社建築，被境內雜木林的濃濃新綠重重圍繞著，看不到用來區隔神社境內、外的圍牆或柵欄。

這裡是沒有人管理、被人遺棄、已經荒廢的小神社——從外表看起來，至少是可以這麼說的。

在城鎮裡——離市中心並不遠的這個地方，竟然存在著這樣的神社。

這種存在本身就讓人覺得奇怪至極。

風轉大了，朝霧散去了。我一手握著從鈴往下垂的鈴緒，試著輕輕拉動。

【本書註釋全為譯註】
1 日本神社內吊在拜殿前的鈴。
2 繫在本坪鈴的下方，搖動本坪鈴，讓鈴發出聲音的繩索。

哐啷。

有點混沌，有點含混不清的鈴聲，在我的頭頂上方響起。這聲音和我剛才聽到的聲音是一樣的……至少是非常相似的聲音。

所以剛才的鈴聲，一定是誰拉響的吧！

我再一次因為這事而感到疑惑。

難道是被風吹響的嗎？——這並不是不可能，只是，剛才有大到足以吹動鈴緒的風嗎？如果不是因為風的吹動，那麼，必定是剛才有誰在這裡，並且……

再一次環顧四周後，我確認除了自己以外，這裡真的沒有別人了。於是我繞到神社的後面去看，又留意了樹幹的後面——還是沒有任何發現。

這個陌生的神社內，除了我以外，沒有其他人的蹤影。

2

回家後，我把這件事情說給妻子聽。

妻子一手摸著臉頰，百思不解般地歪著頭。

「有那樣的神社呀！」

她喃喃地說著。

「妳不知道嗎？」

「——不知道。」

「噢。妳不是對那附近的神社廟宇很清楚嗎？」

「嗯。基本上可以那麼說。不過，我不知道那裡。」

妻子回答。但不知為何，她臉上的表情看起來不太開心，好像有心事般。

「從山那邊繞過Q製藥的實驗農場，再往南走，不是有一條杜鵑花開得很漂亮的小路嗎？」

「嗯，那是杜鵑路。」

妻子說。「杜鵑路」是我們夫妻擅自給那條小路取的名字。

「從那條路走下來，往左轉是往上的斜坡路……我想沿著斜坡路一直走的話，應該可以通往深泥丘。」

「我知道那條路。那條路會與上山丘的路匯合。」

「可是我沒有一直往前走，而是在中途往右——轉往西的方向走。那是一條背著山丘，往市區方向的下坡路，下坡路上有幾間民宅。其實以前散步時，也曾經走過那條路好幾次了，但是今天早上突然在那條路上發現一條岔路，便走進岔路看看——」

「結果就看到那神社了？」

「嗯。」

我很認真的點頭回答。

「好像藏在蔥綠茂密的樹葉間一樣，那裡有一座小小的、已經褪色的牌坊。穿過牌坊，就是窄小的石階。」

「我不知道那個地方。」

妻子還是面露不悅，很傷腦筋的樣子。

「那個神社叫什麼名字？」

「不知道。」

我回答。這回換我傷腦筋了。

不管是牌坊的附近，還是神社境內，都沒有看到類似神社名稱的表示。或許是因為晨霧太重的關係，導致我漏看了。

「那種地方有神社嗎？該不會是……你在散步的時候作白日夢了？」

「不是。我想——不是的。」

因為天氣已經逐漸穩定了，而且我也想扭轉一下這陣子以來晨昏顛倒的作息，所以從上個星期開始，我又開始了以前早晨散步的習慣。但我的身體實在還不習慣早起，所以早上出門的時候，腦袋總還處於半清醒的昏沉狀態。不過——

今天早上的那件事……該不會是我在作夢吧？應該不是的。

「然後呢？」

妻子接著問：

「那邊的那個神社的本坪鈴響了？」

「嗯，是啊。」

「有人比你更早到神社參拜吧？」

「可是我沒有看到其他人。」

我邊想邊回答：

「因為那裡的出入口只有一個，我進去時並沒有和任何人擦身而過。」

「霧太重了，是你沒有注意到吧？不然，就是風吹動了本坪鈴，讓鈴響了。」

「我不覺得那時有那麼大的風可以吹動鈴響。」

「唔——那麼，是猴子嗎？」

妻子這麼說，然後就自顧自地輕輕笑了。

「從紅叡山下來的猴子吧！猴子的話，就有足夠的力量搖動鈴緒，發出鈴響的。」

「——難說呀。」

猴子……會是猴子嗎？

我一邊回想去年除夕發生的事情，一邊點燃香菸。雖然經常為我看診的醫生再三勸戒我不要抽菸了，但我還是沒有想要戒菸的意思。

「可是……對了！」妻子說：「說到神社的鈴聲……」

「怎麼樣？」

「那個呀！不是曾經在黎明的時候，聽到從後面的白蟹神社傳來的聲音嗎？哐啷、哐啷的鈴聲。從去年的秋天到之前的早春時候，確實聽到那樣的鈴聲了。」

「有嗎？」

「有呀！你忘了？」

「啊……不。」

我含糊其詞地回應，又說：

「那個……或許有吧。黎明的時候偶爾會聽到那樣的聲音。」

姑且就先這樣回答吧！老實說，我對自己的記憶力實在沒有信心。不知道妻子知不知道這一點。

「總之，我確實是聽到那裡的鈴聲了。每次聽到的時候，就會想：誰這麼早就到神社參拜了？你還說：是附近的老人家嗎？」

妻子一邊說，一邊轉頭看著面對庭院的窗戶。我家的用地緊鄰白蟹神社，後院的圍牆外面，就是鎮守神社的一大片樹林。

「──是嘛。」

妻子繼續說：

「我告訴對面家的太太這件事時，她顯得很感興趣。好像有一天還特地早起，去神社那邊看看。」

「妳以前對我說過這件事嗎？」

「我沒有說過嗎？」

「唔……或許妳說過吧──結果呢？」

「我想起來了，那時她也和你說了相同的話。她也說聽到鈴聲了，然後就馬上走到參拜殿去看……結果也是沒有看到任何人。」

「噢。」

我皺著眉，吸了一口香菸。妻子的語氣突然變得模稜兩可起來，她說：

「對面的太太最初也覺得奇怪，但是最後還是覺得可能只是她自己的疏忽，或者是風吹動了鈴響，也有可能是猴子的惡作劇。她做了這樣的結論。」

「——是嗎？」

我微微點了頭後又問：

「從什麼時候起，妳就聽不到後面神社的鈴聲了？」

「三月底左右。」

「——是嗎？」

我再度微微點頭，並且偷窺妻子的表情。剛才那種看起來頗為不悅的臉色，已經從她的臉上消失無蹤了。

3

三天後，我再度造訪那間神社，時間仍然是早晨。

昨天和前天的早晨，我也一樣出門去散步，然後靠著三天前的記憶，前往相同的區域，卻不知為何，就是到不了先前去過的神社。是在哪個地方走錯路了嗎？還是錯過了前往神社的入口小路？我也搞不清楚到底是哪裡出錯了。或許我的記憶本身就不是什麼可靠的東西。

因為我並沒有非要找到那間神社不可的積極想法，所以不會特別回頭再去找路。我也沒有去找地圖查看。總之就是正好沒有看到那間神社，也正好沒有走到那間神社。

但是，三天後的早晨散步時，卻很輕鬆地就看到了那間神社。

和三天前一樣，神社一帶籠罩在晨霧之中。我來到路兩旁杜鵑花盛開的「杜鵑路」，途中轉入可以通往深泥丘的上坡路，走了一會兒後，再轉進背對著山的小路……就在這個時候，我看到了旁邊的岔路。

啊！就是這裡。

這時，我馬上就感覺到了。

從這裡轉彎的話，就可以到達那間神社……

於是我毫不猶豫地走進那條岔路。

記憶中那座已經褪色的牌坊，就矗立在白茫茫的晨霧當中。牌坊上沒有任何表示神社名稱的文字，附近也沒有顯示神社名稱的任何標示。確認過這些後，我便穿過牌坊。

昨夜的雨不小，在下了那麼多雨之後，路面變得不太好走。佈滿青苔的石階因為潮濕而易滑，只好幾階當成一階走，大步大步地踩穩步伐。就在我好不容易取得平衡，覺得不會滑倒之際……

哐啷。

鈴音響起。

和三天前同一個鈴鐺的鈴聲，從離我很近的地方傳來。那裡應該就是石階上方的那間神社。

哐啷、哐啷地又響了，然後停了——和三天前的情形一模一樣。

我急急忙忙地爬上最後的幾級階梯，放眼環視神社境內。

我有五成的把握敢說：剛才這個神社境內應該沒有人。我相信自己這次不會再漏看了。

可是，我的信心很快就動搖了。

「咦？」

我不禁發出了疑問的聲音。

「怎麼……」

神社境內依然不見其他人影。

我並沒有立即慌張地跑進神社境內，而是站在原地，仔細地觀察四周的情況。

神社的前面——從鈴鐺下面垂下來的鈴緒附近，確實一個人也沒有。不只沒有人，也沒有看到猴子或其他動物的蹤影。

風吹的嗎？……不是。今天和三天前不一樣，今天早上**真的是**一點風也沒有，甚至感覺不到空氣流動的氣息。我豎起耳朵仔細聽，不僅聽不到人的腳步聲，也沒有聽到任何動靜。

籠罩著境內的晨霧只是薄霧，無法和三天前的濃霧相比，所以我的視線一點也沒有被遮蔽住的困擾——現在，在我視線所及的範圍內，我看不到人，也看不到人以外的動物。

我儘可能以冷靜的心情對四周進行確認後，終於舉腳向前邁出，準備直接面對我無法理解的狀況。

神社前面鋪著石板，石板以外的地方全是裸露的地面。因為前一天晚上下雨的關係，此時地面上有許多小水窪，並且處處是泥濘。但是……

鈴緒垂下來的地面四周——至少半徑幾公尺的範圍內，一個腳印也沒有。石板的地面上也沒有腳印，哪裡都沒有腳印。

不管是哪裡的地面上，都不見人或是猴子，或者是其他動物的腳印。這是——

這是為什麼呢？

沒有腳印，表示昨天晚上雨停了以後，就沒有任何人靠近過這裡。然而，我剛才明明聽到了這裡的鈴鐺響起的聲音。我確確實實地聽到了。

我雙手握住發黑的鈴緒，抬頭看鈴緒的上方。

懸掛在我的頭頂上方的，就是因為陳舊而失去光澤的茶褐色本坪鈴。那鈴的大小宛如一顆幼兒的頭。

那鈴……剛才為什麼響了呢？

沒有風，也沒有人或猴子呀！

如果鈴聲不是因為風而響，也不是人或猴子而響，那會是因何而響的呢？我想到還有一個可能性，那就是鳥。例如說是烏鴉的惡作劇。但……不會的。因為剛才我非常仔細地觀察過神社境內的情況了，那時如果有烏鴉或什麼鳥類飛過，我不可能沒有看到……

……應該不會沒有看到的。

那麼……是「幽靈」嗎？想到了最後，我的腦子裡浮上了那兩個字。

幽靈在早晨的時候，光臨了寂靜的小神社，並且讓本坪鈴發出聲響——是這樣的嗎？太蠢了吧！不會有這種事的。我立即否定了自己的推測。

不管怎麼說，多年來我一直是以創作本格派推理小說為業的人，如此輕易就把眼前的不可解現象，歸結為幽靈的作為，未免太不負責任了。

「……呀！」

我發出喝聲，用力拉動握在兩手中的鈴緒。

我頭頂上的鈴鐺大大的搖晃，發出了低沉的「哐啷」之聲。像是配合鈴聲般——

我突然感到輕微的暈眩。

4

我把這件事說給深泥丘醫院的石倉（一）醫生聽。

因為回家後，我還陸陸續續地有輕微暈眩的現象，所以當天黃昏時，我像平常一樣，前往這幾年來經常前去看病的深泥丘醫院。

左眼上覆著茶綠色眼罩的腦神經科醫生和平常一樣，對我進行問診，在確認症狀後，開口說：

「還好。不需要太擔心。」

醫生接著又說：

「給你開和平常一樣的藥。不過，如果暈眩的情況變嚴重了，請馬上再來就診。」

醫生的斜後方站著一位護士。那是我所熟悉的年輕護士「咲谷」小姐。

接下來，我便把在神社發生的事情說給醫生聽。我沒有猶豫，很直截了當地脫口而出。

「您有什麼看法呢？醫生。」

我非常認真地詢問石倉醫生的想法。

「為什麼沒有人的神社，會傳出鈴鐺的響聲呢？」

「是神社內本坪鈴的響聲。」

石倉醫生一邊調整眼罩，一邊擺出若有所思似的姿態，並且把右眼的視線投注在地板上。

「依照你的描述，確實相當不可思議。」

「是呀！真的很不可思議。」

「這個世界上本來就有很多不可思議的事情。像這類不可思議的事，你應該已經遇到過很多次了吧？」

被石倉醫生這麼一說，我只能含含糊糊地應了一聲「唔」。

不可思議的事情……我覺得——這幾年來，我確實好像碰到過不少不可思議的事情。不過，到底是什麼不可思議之事，又說不出什麼具體的內容，連記憶也是模模糊糊的，不太容易想起來。

「醫生知道那間神社嗎？」

我換個角度問。結果醫生露出疑惑的表情，困惑地歪著頭說：

「那一帶呀……雖然感覺上就在附近，但是……我不知道有那樣的地方，還有那樣荒廢的神社呀。」

「不知道嗎？」

「──嗯。」

「聽說過附近有鬧鬼的荒廢神社嗎？」

「沒有聽說過。」

「──這樣啊。」

那個神社是否確實存在呢？我的腦子裡突然浮現出這種根本性的疑問……不，不可能不存在，因為我確實兩次踏入那間神社。我清清楚楚地想起那間神社境內的模樣，還有當時耳朵所聽到的聲音。

「我知道那間神社。」

此時插嘴的人，便是咲谷護士。她一邊緩緩撫摸著纏繞在手腕上的繃帶，一邊說道：

「那邊分岔的小路太多了，很不容易找到。只有標示得很詳細的地圖，才會標出那些小路。」

「噢……那是什麼神社？」

「你是問神社的名字嗎？……不知道耶。」

「地圖上也沒有標示嗎？」

「或許是標示不出名字吧！」

咲谷護士一臉正經地如此回答，並且說明道：

「也就是說，沒有能夠標示**那個**的文字。」

「噢……」

護士故弄玄虛的說詞，讓人愈想愈迷糊。她好像在暗示什麼，卻又讓人猜測不出來……不過，算了，只要知道那間神社是確實存在，不是我個人妄想出來的，這樣就行了。

「那個——」

石倉醫生緩緩開口：

「我想你在意的是：為什麼沒有人搖動的鈴鐺，卻發出了聲響。是嗎？」

「嗯，是。就是那樣。」

我用力點了一下頭，接著說：

「好歹我的職業是推理小說家。所以——尤其是今天早上，我特別冷靜而且客觀地做了實地觀察。可是，就像我剛才說過的那樣，這件事除了用不可思議這四個字來形容外，我實在找不到別的形容詞了。總之，那根本就是懸疑推理案中所謂的不可能狀況。懸掛著本坪鈴的附近地上，完全沒有腳印的痕跡，但我的的確確聽到鈴響的聲音了。」

「你的意思是：你不願意把那樣的情形與『鬼魂』做聯想？」

「當然。」

「可以理解。因為這世界上沒有鬼魂，對吧？」

石倉醫生這麼說。他的眼睛又看著地面。

「因為我也覺得世界上應該沒有那種東西。」

「哦？是嗎？」

「這世界上確實有不可思議的事情，但不包括『鬼魂』。」

醫生果斷地說，然後摸摸眼罩，才又接著說：

「如果這個世界上真的有鬼，那就不得了了。尤其是當醫生的人，就會不得安寧了。因為一個個死去的患者，可能會一一變成鬼魂跑出來。」

「——是嗎？」

「對於鈴響的問題，不知道推理小說家——你有什麼看法呢？」

「啊！這個嘛……」

我慢慢晃著腦袋說：

「一般的話，推理小說家會假設鈴響是來自使用了什麼機關或把戲的結果。」

「嗯。那麼，會是什麼樣的機關或把戲呢？」

「舉例來說，一般可能會猜測是利用了天蠶絲之類的透明線，進行遠距離的操作；或躲在賽錢箱裡操作。不過，關於這類的假設，我已經當場確認過了，不是那樣。」

「莫非神社境內的某個地方還有一個鈴？」

「這個我也確認了。神社境內只有一個鈴。」

「嗯，那麼是……」

石倉醫生沒有把話說完，他的視線又落在地板上，氣氛變得沉默而詭異。詭異的氣氛持續了一會兒。

「……總之，以你現在的身體狀況，最好盡量不要有過多的思考。」

石倉醫生終於這麼說：

「我認為你的暈眩症狀基本上是壓力引起的，為了治好這樣的暈眩毛病，最好忘掉怎麼想也解決不了的問題。可以嗎？」

「——是。」

問診就這樣結束了。但當我正要走出診療室時，咲谷護士像要追上我的腳步似的，和我從同一扇門走出診療室。

「那個——關於剛才說的神社的事……」

咲谷護士走到我身邊，在我耳邊小聲說道：

「如醫生所說的，我也覺得您還是不要想太多了。因為那應該**是沒有什麼特別意義的事情**，所以……」

5

那天晚上的夜裡，我夢見自己變成拍動著漆黑翅膀的巨鳥。

擁有悠久歷史的這座古城裡的大大小小神社，盡收在巨鳥的眼裡。不久之後，那些大大小小的神社，全部——

哐啷！

哐啷！

哐啷啷……

所有的本坪鈴都開始響了。

巨鳥一邊在夜空中高飛盤旋，一邊發出——

嘰咿！

這樣高亢的叫聲。

嘰咿咿……！

然而，就在下一瞬間，我已經不是在天空盤旋的巨鳥，而是從空中快速螺旋下墜的我。下墜的時候，我的腦子裡響起護士對我說的，「**是沒有什麼特別意義的事情**」的那句話。並且，就在我的腦子裡響起那句話的同時，不知道為什麼，我的腦子裡同時浮現出陰暗而狹窄的走廊畫面——這是哪裡？

突然地，我的記憶被打開了。

這是……啊！這裡莫非是深泥丘醫院的地下三樓？那時是什麼時候呢？我在石倉醫生的引導下，曾經去過的深泥丘醫院地下三樓——好像是那樣的，那裡……

有一扇髒兮兮的黑門。

轉動生鏽的門把後，就……

6

又過了三天後，我第三次造訪了那間不知名的神社。

昨天和前天的早上，我都沒有出去散步。不知道是不是醫生開的藥的關係，早上醒來時的情緒總是不好，完全沒有出門散步的心情。不過，因為沒有再發生暈眩的現象，覺得稍微安心了，第二天晚上便停止服用醫生給的處方藥，第三天早上在天亮時，我便自動醒來。醒了以後，就按捺不住想去那間神社看看的念頭……

哐啷。

聽到那鈴聲的時間，正好是我通過牌坊，登上石階，看到社殿的時候。

我驚訝得呆住了。

什麼人也沒有。

不管怎麼看，現在社殿前面不僅是一個人影也沒有，也是什麼影子也沒有。確確實實的沒有。但——為什麼會有鈴響聲？

哐啷、哐啷啷……

鈴又響了。

什麼影子也沒有的社殿前面，吊垂在賽錢箱上方的本坪鈴，剛剛又發出聲響了。

今天也是沒有風的早晨。不過，神社境內的雲氣和前兩次比起來，顯得相當濃重。說是

「雲氣」，或許稱之為「霧」更恰當些……

我穿過雲氣，直接跑到社殿前面。

社殿前面還是一樣，除了我之外，沒有別的人影，什麼也沒有。沒有可以進行遠距離操控的天蠶絲之類的裝置機關。我正面的格子窗後面，也無任何可疑之處。謹慎起見，我還探看了賽錢箱的裡面。不過……還是什麼也沒有。沒有人，也沒有東西——啊！明明什麼機關也沒有，卻有莫名的鈴響聲。

哐啷啷。

鈴聲這時又響了。毫無疑問的，鈴聲確實是響了。

我抬頭看。在我頭頂上方的，是沒有光澤的茶褐色本坪鈴，和之前看到的時候一樣，一直吊懸在那裡。但是……突然……鈴——

動了！

鈴動了的同時，發出了低沉的響聲。

動了……動了？

自己動了？那個鈴自己動了，所以鈴響了？

這怎麼……可能呢？——啊，但它確實動了、響了。

我持續注視著頭上方的鈴，但腦子裡一團混亂。鈴又動了——

鈴自己搖晃、動了，並且「哐啷」地響了，沒有要停下來的意思。它又自己動了……

哐啷、哐啷啷。

持續地響著。

哐啷啷、哐啷、哐啷啷……

鈴連續自己擺動，吊懸在鈴下方的鈴緒也隨之晃動。我不由自主地用兩手握住鈴緒，想制止鈴緒的晃動。可是——

不管我怎麼抓住鈴緒，鈴緒上方的鈴還是擺動個不停。

當然了，鈴響的聲音也持續不斷。

「怎麼搞的！這、到底是怎麼……」

我像發燒說夢話般的喃喃自語，兩手還不知所以地繼續握著鈴緒，並且戒慎恐懼地抬頭看我的頭頂上方。一看——

我頭頂上方的鈴突然停止擺動了。

直到這個時候，我才終於明白了。

就在**那個的裡面**。

在那個——像幼兒頭部大小的、鈴的裡面。那裡面一定有著**什麼東西**，一定是那個東西讓鈴擺動……

我一邊想著護士說的那句話「**是沒有什麼特別意義的事情**」，一邊心裡發毛地抬頭看鈴。

啊！

足以讓我覺得世界變成扭曲的強烈暈眩感，就在這個時候攻擊了我。老舊的圓形本坪鈴的裂縫像黑色的洞穴，我就在這個時候，看到了那黑色洞穴裡有**東西**在活動。

那是什麼呢？那好像是以深紫色為基調東西，整體的色彩讓人覺得不自在，模樣也怪怪的——很像是軟體動物的觸手——那東西正徐徐地從黑色的洞穴裡爬出來……

哇啊！

更加強烈的暈眩攻擊著我，我短暫地失去了意識。

7

周圍的雲氣不知何時已經散去，我也在不知不覺中走出神社境內，站在牌坊的前面。

看看手錶，大約已經過了三十分鐘了。但不知為何，我對已經過去的那三十分鐘，卻是一點記憶也沒有。

……到底怎麼了？

剛才在社殿前看到的**那個**，到底是什麼呢？我因為那強烈的暈眩，而失去意識了嗎？

但是，為什麼……

「搞糊塗了。」我心裡如此自語，轉身背對著牌坊。

就在我用力甩甩頭，試圖趕走糾纏在腦海中混亂不明的奇怪感覺時——

哐啷。

聲音雖然微弱，但和那神社的鈴響聲是一樣的——我覺得是那樣的。

我有點生鏽的腦袋如此感覺著。

小貓眼蟹

1

卡哩卡哩……喀唧喀唧……我因為這聲音而張開了眼睛——我覺得是這樣的。

「老公，今天晚上和對面的森月家一起出去晚餐吧！好嗎？」

妻子在我張開眼睛醒來的時候進來，看著正要起身坐起來的我說。

「早上遇到森月太太了，並且約了今天晚上一起吃飯。你剛剛交稿了嘛！可以去吧？去吧，去吧。」

如妻子所說的，我確實剛剛熬夜完成為某個月刊連載的長篇稿子，直到天全亮了，才得以倒頭大睡……現在雖然剛睡醒，但已是接近黃昏的時候。

這幾年來，雖然很努力地試圖矯正日夜顛倒的不健康生活，但很可悲的，截稿前的日子總是逃不過熬夜趕稿的情況，抽的菸也比平日多出許多。深泥丘醫院的石倉醫生已經數次對我發出「這樣不好吧？」的警告了。

「和森月先生以及太太外食嗎？……不錯嘛！嗯，好呀！」

剛睡醒的腦袋雖然還不是很靈光，但我還是同意了妻子的提議。妻子立刻點頭說：

「森月太太會開車帶我們去，和餐廳預約好的時間是八點。」

「……什麼？」

我停下揉眼睛的手，問道：

「已經選好餐廳了嗎？」

「是啊。」

妻子神情愉悅地露出微笑。

「你看你看，最近天氣不是變冷了嗎？……又到了吃螃蟹的季節了。螃蟹唷！要吃螃蟹了。」

「螃蟹……呵呵。」

反正只能回答「嗯，好呀」。老實說，我並不是那麼喜歡吃螃蟹。

交稿之後吃螃蟹慶功嗎？但——

卡哩卡哩……喀唧喀唧……的聲音還在我的腦子裡若有似無地響著。啊！這是剛才的聲音——剛才在睡夢裡聽到的聲音。

偏偏在**那樣的夢**之後，出現了和螃蟹有關的事情。這是為什麼呢？

「和森月太太約好了，七點半我們先去森月家會合。」

「哪一家餐廳？」

「找了近一點的餐廳，是人文字町的『螃蟹安樂』。好久沒有去那裡了。」

妻子很開心的回答。但是——

人文字町的「螃蟹安樂」？

人文字町一帶有那樣的餐廳嗎？

我在剛睡醒的朦朧腦袋裡回想，卻沒有那樣的記憶。不過，我並沒有對妻子提出疑問。

因為一旦說了，妻子一定會露出疑惑的表情，對我說：「你什麼都會忘記。」

2

對於吃，我原本就不怎麼講究。

我沒有特別喜歡、或特別不喜歡的食物。不過，這並不意味著我異於常人地不在乎食物的味道。我也和一般人一樣，吃到好吃的食物會開心，吃到不好吃的食物會感到不愉快。我想說的是：我和「常人」一樣，並非所謂的美食主義者。

雖然步入中年以後，基於關心健康，我也開始會注意食物的內容，但是，基本上只要是端到我面前的料理，我都不會排斥。關於這一點，以前我就一直覺得自己是一個對吃沒有原則的男人。

不過，即便如此，我還是有和常人不太一樣的地方，那就是下意識地不想吃蝦、蟹類的食物。

我並不是討厭蝦、蟹類的菜色，也不是不敢吃，更不是覺得這類食物不好吃，當然也不是對牠們過敏。我只是不像一般的日本人那樣喜歡，也不會特別想吃，尤其是蟹類。我向來不會主動想吃螃蟹，不是因為討厭，就只是不想吃。

為什麼會這樣呢？

「這麼好吃的東西，為什麼不吃呢？」有人這樣問我時，我也會問自己「為什麼不吃呢？」

或許甲殼類形狀怪異的外貌，是我不想吃牠們的原因之一。還有，燒烤牠們時所產生的氣味，也是我想避開的。我自己也不能理解這是為什麼，總之就是有這樣的感覺。但是——

夢中聽到的「卡哩卡哩……喀唧喀唧……」的聲音——是這個嗎？莫非是這個緣故？

我突然想到這一點。

長久以來隱藏在意識底層的那個記憶，突然在這一天以夢的形式，倏地浮出記憶表層。

那是——

那是我還很年幼時的事情。記得那是去母親鄉下的娘家玩的時候……

3

這幾年來，我們夫妻與住在對面的森月夫妻交情不錯，常有往來。

森月先生和我是同一所大學畢業的，雖然讀的科系不一樣，卻是同期的學生，而且他好像和我一樣，也從事自由業。我說「好像」，是因為儘管我們之間的往來可以說是頻繁，但他具體上做的是什麼樣的工作，我到現在還不明白。雖然我對他的工作感到好奇，可是「不以彼此的工作為話題，不猜測對方的工作」，好像在我們交往之初，彼此之間就有這樣的默契了。

森月太太的名字叫海子，還很年輕，年紀比我的妻子小一輪以上，有著圓圓的大眼睛，看起來非常可愛。妻子和這位海子小姐好像有許多共同的興趣，妻子似乎很喜歡她。

因為這樣，我們兩家便常有往來，有時到彼此的家中喝茶，有時一起相約外出用餐。外出的時候，通常由海子開車，我們夫妻則搭她的車。我雖然也有車，不過最近總覺得開車很麻煩（並不是不會開車），不太想握方向盤。

言歸正傳——

那一天——十一月最後一個星期的星期一晚上，我們四人前往人文字町的「螃蟹安樂」。

4

車子走過位在市街東邊、是南北走向的白沼通，經過深泥丘醫院附近後繼續往南走，過了東西走向的熊手通十字路口後，很快就到達目的地了。「五山送火」[3]是這個城市著名的夏季節慶活動，這裡正好位於五山中的人文字山山麓，所以這一區便稱之人文字町。

螃蟹安樂　人文字町店

這間餐廳的外觀很有日式家庭餐廳的氣氛，看起來有點高級。一樓是停車場，要從戶外樓梯上到二樓，才是餐廳的入口。

顯示店名的看板很大。看板上的每一個角落都以一隻逼真的電動阿拉斯加帝王蟹模型做為裝飾。每隻螃蟹有十隻腳，四隻螃蟹的四十隻腳在電力的作用下，緩緩地活動著。而用燈泡做成的八隻眼睛，也閃爍著銀白色的光芒。

「螃蟹安樂」是日本全國性的連鎖餐廳，看板上緩緩運動的電動蟹，便是餐廳有名的註冊商標。以前我也去過幾次市內「螃蟹安樂」的其他分店。但是——

離我住家不遠的這裡——「人文字町店」，是什麼時候開張的呢？我竟然一點印象也沒有。

從餐廳建築物的外觀看來，感覺上絕對不像是「全新的」，而店內的裝潢情形也一樣。看起來應該已有五、六年的營業歷史了。

雖然我的心裡有一些問號，可是，再多的問號也阻止不了要在這裡用餐的事實。算了，反正這種情況也不是什麼特別稀奇的事情。我一邊這樣說服自己，一邊在服務人員的帶領下，前往預定的座位。

預定的座位在三樓的包廂內。

要前往包廂必須經過大廳。大廳裡排列著幾隻大水槽。水槽裡應該有很多活蟹吧？但是不知為何，每個水槽都覆蓋著黑色的布，所以看不到水槽內的情形。

為什麼要這麼做呢？我的心裡又產生了新的問號，不過我並沒有提出疑問。但就在我們要經過那些水槽的前面時——

喀沙、喀沙沙……我聽到了這樣的聲音——我是這樣覺得的。

3 京都夏日祭典，會在五座山上以篝火燒出五個大字，稱為「五山送火」。

這聲音是從水槽裡傳出來的嗎？是水槽裡螃蟹活動的聲音嗎？怎麼會這麼奇怪……我感到十分訝異。

咪嗚。

這回聽到的是這樣的聲音——我是這樣覺得的。

咪嗚、咪嗚嗚……

我不自覺地停下腳步，妻子注意到了。

「怎麼了嗎？」妻子覺得奇怪地問。

「啊，沒有……」

「不喜歡螃蟹嗎？」

「不是、不是的。」

「那就快走呀！我很餓了。」

5

那時還小——是四歲？還是五歲呢？我想當時我的年紀大約才那麼大。

「卡哩卡哩……喀唧喀唧……」的聲音。確實是在我母親的娘家——九州的鄉下，聽到那樣的聲音。母親的娘家是一棟到處都讓人覺得陰沉幽暗的老房子，在老房子昏暗的廚房裡……

不清楚那時是什麼季節，也不清楚當時我是和父親在一起的呢？還是和其他親戚在一起呢？只是——

那時我看到外祖母獨自在昏暗的廚房裡，默默的準備食物——我想是那樣的。不記得那之前和之後我在做什麼，只記得很偶然地目擊到那一幕。

那裡有一個大擂缽。一開始就聽到缽裡傳出卡哩卡哩……的聲音。

那是什麼？我這麼想著，然後偷看了缽內。然後，我看到缽裡有螃蟹。

那是比溪蟹大上幾圈，顏色深沉的暗綠色螃蟹（後來知道那是叫做日本絨螯蟹的淡水螃蟹）。缽裡大約有十隻……

牠們都還活著，並且在缽裡蠢動，嘎吱嘎吱地發出卡哩、卡哩卡哩……的聲音。

不久，卡哩卡哩的聲音漸漸地變成喀唧喀唧……好像是外祖母開始進行**某種動作**了。她雙手握著粗研磨棒，把在擂缽中蠢動的活螃蟹活活的擂碎。

喀唧喀唧……的聲音。沒多久，喀唧喀唧的聲音又變成唄嘰唄嘰咕嘰咕嘰……的聲音。那是外殼被擊碎，充滿汁液的身體部分也被擂碎、溢出水分的聲音。由於外祖母持續研磨，所以聲音也跟著變了。

我忍不住發出慘叫。

對小孩子的心靈來說，那樣的光景應該是殘酷而可怕的——

「今天晚上有好東西吃哦。」

我雙腳發軟，很想趕快離開現場，卻怎麼樣也抬不起腳。外祖母看著我，抬起滿是皺紋的臉，笑著對我說：

「用布濾過磨碎的螃蟹，可以做成**螃蟹湯**。很好吃哦。你看，那麼好吃的蟹湯就快……」

就這樣，到了晚上。

螃蟹湯端上桌時，我一口也沒吃。

「外祖母特地做的呀！」

當母親這麼說著，要求我吃螃蟹湯的時候，我竟然害怕得哭了——我想當時的情形就是那樣的。

是這個嗎……？

莫非以前從來沒有想起過的幼年經驗，就是我不想吃蝦、蟹類食物的原因嗎？——對，一定是這樣的。

6

——但別人不會知道我心中的感受。

被帶到包廂，在桌旁就座後，森月夫婦與妻子便開心地打開菜單，討論要點什麼食物。我只覺得心情鬱悶，決定讓他們全權處理點菜的事。

盡量不要去想突然在此時復甦的，兒時猙獰的記憶，菜上來以後，適度地去食用就好了，只要沒有日本絨螯蟹做的螃蟹湯，就沒有問題了。就像以前一樣，應該沒有什麼不能吃的。我這麼想著，但是……

看到桌面上愈來愈多的螃蟹料理後，我的信心動搖了。

面對送上來的蟹醋、蟹肉生魚片、蟹壽司等等，我都還能忍受。但是，當「螃蟹安樂特選螃蟹鍋」用的大盤子送上來，看到盤子裡連殼的豪華阿拉斯加帝王蟹時，我終於忍不住了。一直被壓抑在腦海裡的感受宛如脫韁野馬般，此時不僅急遽膨脹，還化為奇怪的妄想……

「突然說這些或許很奇怪……」

正安靜地享受螃蟹料理的三人因為我的話而露出「啊？」的疑惑眼神，抬頭看著我。我一臉正經地說：

「你們想過螃蟹的詛咒或作祟之類的問題嗎？」

「啊啊？」三人的反應更加迷惑了。

「怎麼突然問這個？」

妻子一邊回答我，一邊把阿拉斯加帝王蟹的腳放入鍋中。

「是啊，是什麼意思呢？」

森月先生也如此回應。他一邊用筷子挖蟹殼內的蟹膏，一邊又說：

「你不像會相信詛咒或作祟之類的事的人呀！——不過是螃蟹罷了。」

「因為那個……」

我非常認真地回答：

「我一直有一種想法，那就是應該沒有別的生物像蝦子或螃蟹那樣，自古以來便遭受到那樣殘酷的虐殺了……是吧？尤其是螃蟹。日本這個國家每年到底消費了多少螃蟹呢？用『消費』的說法來形容，是比較溫和的，因為實際執行『消費』這個動作的，往往是在螃蟹還活著的時候，就拔下牠們的腳，或剝下牠們的殼；或是活蒸、活烤、活煮，甚至是將牠活生生的研磨成汁……站在螃蟹的立場來看，這不是虐殺是什麼？所以……」

「所以，你覺得螃蟹會化為怨靈作祟？」

妻子滿臉訝異地說。

「你沒有問題吧？平常連人類的鬼魂是否存在都不相信的人，怎麼會突然提出這樣的問題……」

「如果螃蟹這樣的生物有『物種的意識』的話，那麼，牠們會有怎麼樣的想法呢？一隻一隻的螃蟹雖然是像人類也不像人類的動物，但據說牠們和魚類一樣，沒有痛覺，所以即使被殘酷的對待了，產生的怨恨或許也是微乎其微的。但是，從過去到現在，數億隻或者是數十億、數百億隻的螃蟹所累積出來的怨恨能量，或許已經到了臨界點，如果在此時、在這裡發動了怨咒之念……」

我自己也覺得正在吐出的這些話簡直是胡說八道，但此刻卻像著了魔般，滔滔不絕地說個不停。

妻子和森月先生臉上的訝異神情已經化為擔憂的神色。森月太太——海子也說話了。

「您說的是那個吧？」

海子有點茫然地說：

「那個呀！和曾經被熱烈討論過的『第一百隻猴子』[4]的效應一樣。」

「啊……是的。要那麼說也可以。」

「那麼，如果是這樣呢？」

海子很開心似的，看著鍋中又說：

「就是這一隻，牠正好超越了『臨界點』。如果說有『螃蟹的怨念』的話，就會發生什麼事情吧？」

看來，我說的話完全被當作笑話了。但是，會變成這樣也是無可奈何之事。

「這是帝王蟹，所以沒有問題。」

妻子配合海子，兩人一搭一唱地說。

「帝王蟹雖然被叫做螃蟹，但其實並不是螃蟹。」

「哦？為什麼？」

「啊，你不知道嗎？你看，蟹腳的數目不對呀！螃蟹有十隻腳，但是帝王蟹只有八隻腳。」

「說到生物學的分類，松葉蟹或毛蟹等一般的螃蟹，屬於『十腳目，短尾下目』；而阿拉斯加帝王蟹、日本油蟹、花咲蟹等，屬於『十腳目，異尾下目』。」

4「第一百隻猴子效應」是指：當某種行為的數目達到一定程度（臨界點）之後，就會超越時空的限制，而從原來的團體傳佈到其他地區。

森月先生做了詳細的解說。

「雖然我們看到阿拉斯加帝王蟹只有八隻腳，但牠也屬於『十腳目』，其實還是有十隻腳的，只不過是第五對腳的那一對腳很小，並且藏在鰓室裡，所以看不到而已。另外，我們知道普通的螃蟹是橫行的，但阿拉斯加帝王蟹不一樣，可以直行。」

「哦！」海子眨著眼睛，說：

「那麼，帝王蟹和寄居蟹是同一族的？」

「對，所以，阿拉斯加帝王不是螃蟹一族，和『螃蟹的怨念』無關。」

妻子這麼說著，並且橫了我一眼。

「那麼——」

我有點生氣了，忍不住提出一些反駁：

「我要稍微訂正一下，不是『螃蟹』怨念，是『蝦、蟹類』的怨念……不，是包括蝦子、螃蟹、寄居蟹等等的甲殼類的怨念。如何？從過去到現在，為了滿足人類口腹之慾而被虐殺的甲殼類，應該有數十億、數百億、數千億了，累積這些甲殼類的怨念……」

「知道了，知道了。」

妻子苦笑，但仍然繼續把螃蟹的腳放進鍋內。

「你是趕稿子趕累了。」

「啊！」

森月先生突然大叫一聲，大家的視線便全部聚集到他的身上。

「怎麼了？」

「怎麼了嗎？」

「不，那個，我是說──」

是想加點什麼料理嗎？森月先生手邊的「螃蟹安樂」菜單是翻開的。他指著菜單說：

「剛才看菜單時沒有看到這個。看，這裡有『特別限量』的料理。」

「特別限量……是什麼？」

海子從旁探頭看那菜單，很快就「啊！」地驚呼出聲。

「真的耶！」

「這個一定要點才行。」

「沒錯！」

「啊，對了！剛才大廳裡蓋著黑布的水槽……」

「你說是不是就是那個？」

坐在我身旁的妻子因為想看菜單而挺起腰，想要站起來看。但是，她突然停止動作，自言自語地說：「不會吧？」

「莫非是那個？小貓眼蟹？」

小貓眼蟹？──那是什麼？

「正是小貓眼蟹。」

森月先生用力點了頭。

「菜單上寫著『保知谷產小貓眼蟹／快遞到貨』。菜單裡的『特別限量菜色』就是這個。」

「真的嗎？」

「真的。」

「那就非點不可了。是吧？是吧？」

妻子如此強勢地要求我同意。

「唔……嗯，好……呀。」

我一邊惶恐地回應著，一邊喃喃地唸著「小貓眼蟹、小貓眼蟹……」

……小貓眼蟹。

啊，那麼說的話……

7

「貓眼蟹是海鮮中的稀有品種。你不知道這個嗎？棲息在河川中的小貓眼蟹，是貓眼蟹的同族，因為體型比較小，所以叫做小貓眼蟹。」

為我做這個說明的人，是左眼戴著茶綠色眼罩的腦神經科醫生石倉（一）。那確實是……在這個初秋時發生的事情。那時除了我和醫生外，旁邊還有那個叫咲谷的年輕女護士，及一個年約十歲的男孩子。我記得他，他是去年十月深泥丘醫院舉辦「奇術之夜」時，參與演出的男孩，名字好像叫「寬太」。而且——

我遇到他們三個人的地方，並不是深泥丘醫院。

那天黃昏，我突然心血來潮，獨自散步到深蔭川的上游，很偶然地在那裡遇到了他們三人。

「沒想到會在這樣的地方遇到，真是巧遇呀！」

先出聲打招呼的人，是護士咲谷小姐。他們在防砂堤前的河岸邊。但，既然是「這種地方」，醫生和護士為何都還穿著白色的醫院服？

我從散步道往下走到河岸邊時，少年先打了招呼。

「您好。」

少年穿著現在這個時節很少見的五分褲和綠色的T恤，頭上戴著紅色的棒球帽。

「你好。」

我回應了少年的招呼。

「那個……你是寬太君，是吧？」

「是的，我叫做寬太。」

「你的姓氏好像也是石倉……」

我轉頭看醫生，問醫生：

「他是——醫生的孩子嗎？」

「不是、不是。」

醫生嚇了一跳似的連忙搖頭。

「只是很巧的同姓而已。這個孩子其實是……」

「啊！抓到了！」

叫聲打斷了醫生的話。我也因為這個叫聲而轉頭看，那少年蹲在河邊，一隻手伸進河水裡。他在幹什麼呢？我才這麼想的時候，就看到他從水裡抓出來的東西，那是——

那是小貓眼螃蟹。

旁邊有一個小型水桶，少年把抓到的東西放進水桶裡。我靠過去看，發現他已經抓到好幾隻了。那時我以為那是溪蟹，然而——

咪嗚。

我聽到水桶裡傳出這樣的聲音——我覺得是那樣的。

咪嗚、咪嗚咪嗚……

「這是小貓眼螃蟹。」

石倉醫生告訴我。

「聽病人說這條河裡有小貓眼螃蟹，所以……」

所以就來抓看看嗎？

「哦？莫非您不知道小貓眼螃蟹嗎？」

「——嗯。」

「這裡的人很少不知道小貓眼螃蟹的呀。」

咲谷護士說。有一瞬間，我覺得她的臉似乎與妻子的臉重疊在一起了。

「好了、好了，咲谷小姐。」

石倉醫生委婉地制止咲谷護士繼續發言。他轉身看著我，換了個語氣說：

「您不知道小貓眼螃蟹嗎？看來您好像是真的不知道。」

我點頭表示自己確實不知道有小貓眼螃蟹這種生物。

「貓眼螃蟹是海產類中的稀有品種……」

醫生回應了我，並且開始做說明：

「貓眼螃蟹這個名字的由來，是因為蟹殼上有貓眼般的花紋。小貓眼螃蟹也有同樣的……」

聽到醫生這麼說，我立刻把視線投向水桶內的螃蟹……嗯，果然如此。桶中寬約兩、三公分的淡褐色蟹殼上，確實有著和送火的「◎」同樣的圖紋。

「還有，小貓眼螃蟹非常怕光，像現在這樣的光線下，牠們是完全不活動的，所以很難抓到牠們。」

「噢。那個，醫生——」

在桶子裡面蠕動的螃蟹偶爾還發出「咪嗚咪嗚」的聲音——我是這樣覺得的——我一邊低頭看著桶子裡的螃蟹，一邊問醫生：

「抓牠們做什麼呢？」

該不會是小孩子要養螃蟹吧？我這麼想著。或者，是飼養來當觀賞的。然而——

聽到我的問題後，醫生、護士與寬太三人都笑了。石倉醫生回答道：

「當然是吃掉囉。」

8

……沒錯，曾經有過那樣的事。確實有……啊，但是為什麼沒有馬上想起來呢？為什麼我的記憶……這樣的……

就在我沉溺於個人的胡思亂想中時，妻子他們所點的「特別限量菜」——小貓眼螃蟹已經被送上餐桌了。看到了這道「特別限定菜」，我的思緒才回到現實中。

小貓眼螃蟹的大小和溪蟹差不多，要怎麼吃牠們，怎麼烹調牠們呢？炒？煎？沾粉油炸？還是……啊，該不會是做成**螃蟹湯**吧？

結果，我全猜錯了。

端上桌來的，是一個淺底的圓形木桶，桶內有少許水，和「活生生」的小貓眼螃蟹。活的，活生生的，而且是咪嗚咪嗚……地「活著」。

如剛才森月先生說的那樣，剛才在大廳看到的水槽中的東西，就是**這些傢伙**吧？因為怕光，所以用黑色的布蓋起來……咪嗚、咪嗚咪嗚咪嗚。

「作夢也沒有想到今天晚上可以在這裡吃到小貓眼螃蟹。」

森月先生笑著說。「是呀！」、「真的耶！」妻子和海子立刻輪番點頭附和，她們的臉上也都洋溢著笑容。不知道為什麼，他們的表情竟與我在深蔭川遇到的那三個人的表情重疊在一起。

接著，森月先生以再平常不過的語氣，平靜地說：

「活的小貓眼螃蟹最好。」

「是呀！」「真的耶！」妻子和海子再一次輪番點頭附和。

「來、來，吃吧！」

海子說著，並且第一個伸出手。她用筷子輕易地夾起一隻在桶底咪嗚咪嗚逃竄的小貓眼螃蟹，然後迅速地把螃蟹直接送入口中。接著，她露出陶醉的表情，鼓著嘴巴，咀嚼口中的東西，並且嚥下肚。

森月先生和我的妻子也先後拿著各自的筷子，伸入桶內。他們兩人和海子一樣，也露出陶醉的表情，把活生生的小貓眼螃蟹咀嚼下肚。

「你不吃嗎？」

妻子問，我茫然地搖搖頭。啊……強烈的暈眩來了，我忍不住手肘抵著桌面，用手掌支撐著腦袋。

「排斥吃活蟹嗎？小貓眼螃蟹雖然是淡水蟹，但和溪蟹不一樣，不用擔心寄生蟲的問題。」

話雖然如此——

我的手掌仍然支著頭，再一次搖頭。

妻子雖然露出感到奇怪的表情，卻仍然拿著筷子，又從桶子裡夾出一隻小貓眼螃蟹，送進嘴裡。就是在這個時候——

咪嗚、咪嗚咪嗚……

那個聲音又來了，比之前聽到的更大聲——我覺得是這樣的。

咪嗚咪嗚咪嗚……

……啊，這是？

咪嗚、咪嗚咪嗚咪嗚咪嗚咪嗚……

這聲音……不是從桶子裡傳出來的，聲音來自我們所在的包廂外面。

怎麼了？這是怎麼了？就在我感到困惑的時候，咪嗚咪嗚的聲音與其他聲音攙雜在一起了。卡沙卡沙、渣利渣利、喀沙喀沙、喳喳喳喳……太多那樣的聲音了。

這是什麼？這到底是什麼？我的腦子裡一片混亂，一下子進入剛才那樣的妄想世界，一下子又回到現實的世界。

剛剛妻子吃的那隻小貓眼螃蟹，就是……是**那個**。是那個，是正好超越「臨界點」的「那一隻」，一定是那樣。所以所有從過去到現在，累積再累積的甲殼類的「怨念」終於滿溢到這個世界，開始「作祟」了……

我恐慌地遠眺著隔開房間與走廊的拉門，豎起耳朵傾聽。果然……聽到「咪嗚」的聲音，還有卡沙卡沙卡沙、喳利喳利喳利、喀沙喀沙喀沙、喳喳喳喳喳……許多的聲音。

不只小貓眼螃蟹，還有松葉蟹、毛蟹、溪蟹、日本絨螯蟹、阿拉斯加帝王蟹、花咲蟹；

此外還有種種不一樣的蝦類……所有的所有的甲殼類的怨念之靈，都擁擠到這個房間的外面了，因此……

小時候聽到的「卡哩卡哩……喀唧喀唧……」的聲音，和那時看到的可怕光景，不僅活生生地在我的腦子裡復甦了。我兩手抱緊一直在暈眩的頭，更因為害怕而想狂叫、吶喊。

「你怎麼了？」

妻子擔心地問我。我試著鼓動糾結的舌頭，以顫抖的聲音，努力說出自己的想法。

結果——

「放心，不會有作祟的。」

妻子的聲音聽起來很有自信，臉上還帶著神祕的微笑。

「因為這些和你的理論不一樣。」

「不一樣？」

「因為小貓眼螃蟹不是螃蟹，也不是寄居蟹或蝦子。基本上呢，牠也不是甲殼類。」

「哦？」

「你仔細看。」

妻子從桶子裡取出一隻小貓眼螃蟹，放在啞然失言的我的面前。

「你看牠的腳。**有十三隻吧**？小貓眼螃蟹是＊＊＊的同類。」

狂櫻

1

「大宮同學是個好人呀！」

不知是誰這樣靜靜地發言了。

「是呀！我還欠他一個人情。小學六年級的時候，我被讀國中的流氓找麻煩，如果不是他幫忙，我就慘了。」

另一個人如此搭腔地說。

「他曾經是高中的體育老師吧！而且還是柔道社的顧問老師。」

「嗯，對呀！」

又有另一個人回應。

「他的柔道很厲害。中學時代就經常參加全國比賽，還曾經打進決賽。」

「那麼強壯的人，竟然四十幾歲就……」

「人生實在無法預測。」

「沒錯。」

這是位於貓見小路盡頭，一家名為「ＩＡＲＡ」的酒吧內的深夜一景。此時圍在桌子邊的，是包括我在內的七名男女。四男三女的我們是同級生。

最初的「誰」開口後，我們之中除了我之外的其餘六人，紛紛發言：

「不管怎麼說，這件事實在來得太突然了。」

「他是突然過世的？」

「聽說是蛛網膜下腔出血。」

「正月遇到他的時候，當時他的樣子看起來還很好呀。這年頭在學校當老師要承受很多壓力吧？」

「很不容易呀！」

「真可憐。」

「真的是……」

就這樣——大夥開始了對「大宮同學」之死的哀悼，每個人的表情都很正經，很認真地表達內心的感觸。

從一開始，我就像剛剛所形容的那樣，一直在發呆。**我自己**也不知道為什麼會這樣。

夜已經深了，這家酒吧是我們這夥人今天聚會的第三攤。平常我不太喝酒，但今天晚上在大家不斷勸酒之下，確實喝了不少。或許是因為喝多了，精神處於非正常的狀態，**所以才會這樣**……

此外，我對大家現在口中所說的大宮同學的事，原本就沒有什麼印象。

大宮好像是我小學同年級的同學，三年級和四年級時曾經同班，後來又讀同一所公立中學。話雖如此，大家在說的時候，我也只是一味「啊……嗯」地回應，總之……我對小學時的事情，實在是沒有什麼記憶。大夥說他中學時是柔道健將時，我也沒有特別的感覺；至於他現在是高中體育老師之事，更是今天才第一次聽說——我覺得是這樣的。

但是，來到這家酒吧後，大家突然開始討論起大宮死了的事情。

我雖然喝多了，腦子呈現不太清楚的狀態，但是聽到大家這麼說時，卻訝異得忍不住想說：「什麼？」

什麼呀？

他們到底在說什麼？怎麼會說出這麼奇怪的話……

……不對！

或者，並不是他們奇怪，而是我奇怪。我之所以感到驚訝，是因為我喝醉了，因此對某些事情產生了誤解或誤認……

我緩緩晃動一團亂的腦子，伸手去拿桌子上的香菸和打火機，視線沿著桌面，斜斜地看向對面的座位。

那個座位前面的桌面上有用過的擦手巾，和還有剩一些餘酒的酒杯——剛才確實有人就坐在那個座位上。**剛才坐在那裡的人便是大宮**。

沒錯。就是那樣。

剛才大宮還坐在那裡，一邊喝酒一邊和大夥談笑，然後獨自離席了。他現在不在座位上的原因，應該是去洗手間吧？所以，他當然沒有死。我的記憶與認知，應該是沒有錯的。但是——

雖然腦子裡很亂，但還是在點燃香菸時，想清楚了這一點。

一個理著平頭的高個子男人，從位於酒吧深處的廁所裡走出來。他的外貌與體格，完全符合柔道健將的「猛者」形象。他——是大宮同學。

啊，果然……

我偷偷留意圍著桌子的六個人的樣子，他們完全沒有驚慌失措或露出慚愧的表情。大宮一回座，之前大夥談論的事好像從來不存在般，大宮很快就投入大家的新話題，加入談笑之中。

2

明明才剛進入三月，圓谷公園的染井吉野櫻就盛開了。

不只圓谷公園如此，黑鷺川的堤防、Q大學的校園、深泥丘散步道旁的櫻花也都開了。這個城市裡各個地方的櫻花都開始開花了，今年開花的時間比往年提早了一個月。

電視新聞以「古都珍聞」的標題，報導了櫻花早開的情形，知名主播或電視評論員紛紛皺起眉頭，紛紛地說道「這也是受到地球暖化的影響嗎？」。他們異口同聲的模樣，簡直就像品質不良的人工智慧機器人。

是什麼暖化了嗎？

這個冬天是進入本世紀以來最冷的冬天，雪也下得比往常多；過了立春的現在，還不見氣溫回升的影子，每天都很冷，根本還不是櫻花會綻放的天氣。這樣寒冷的天氣明明還持續著，但櫻花卻開了……

不過，這似乎不是日本全國性的情況，好像只是這個城市特異的狀況。因為除了比較溫暖的沖繩之外，日本其他地方的櫻花都還沒有開始綻放。

據說這確實是觀測史上第一個罕見的情況。然而因為不知道這種情況的原因為何，所以專家們也感到愈來愈困惑——但是，除了讓以賞花客目標的觀光業者感到措手不及外，對本地的居民而言，早到的櫻花花期，並沒有什麼不便之處。

我家後面的白蟹神社社境內，也有大株的染井吉野櫻。看到枝頭上日漸豐滿的花苞，妻子雖然會帶著懷疑的語氣說道：「真的已經要開花了嗎？」神情卻顯得相當愉悅。至於我，我想的是：沒有人會在這麼冷的天氣裡賞花吧？會不會太傻了？

就在這時候——

我們舉辦了小學同學會。

國中、高中的同學會以前開過幾次了，小學的同學會這還是第一次。不知道這次是誰提議的，是怎麼計畫進行的，總之，同學會最後是順利地舉辦了。

我一方面因為忙，一方面也因為沒有意願，所以以前從來沒有參加過任何同學會。但是，這次也不知道為什麼，竟然有了想去看看同學們的念頭。

說起來，小學畢業至今也三十幾年了。

我在想不起當時同學們的名字與長相的情況下，填寫了願意出席的回函。

3

大宮同學從廁所回來，立刻毫無障礙地加入大夥的談笑中。就這樣大約過了十五分鐘吧？一位姓烏丸的女生從座位上站起來，她離席了。

烏丸同學結婚得早，有兩個孩子，兩個孩子目前也都已經入社會工作了。據說她的丈夫姓「壬生」，婚後冠了夫姓。不過，在現在這樣的場合裡，大家仍然以原本的姓氏「烏丸」稱呼她。

烏丸同學不是去廁所，而是走向酒吧的入口處。她把手機貼在耳朵上，快步走著。大概是因為這酒吧位於地下一樓，所以收訊情況不好。

烏丸同學的身影從入口處的門那邊消失後不久——

「烏丸同學的事情實在來得太突然了。」

不知是誰靜靜地這麼說了。

「聽說是意外呢！太倒楣了。」

另一個人如此搭腔地說。

「聽說她坐的計程車被闖紅燈的車子撞了，和她同車的丈夫和司機只受了一點擦傷，只有她……」

「真可憐呀！」

又有另一個人回應。

「去年她的大兒子結婚了，聽說孫子今年夏天就要出生，她還很高興地對人說自己就要當祖母了。」

「她的運氣實在太差了。」

「她是個好人吶！」

我再度受到驚嚇，腦筋又糊塗了。

剛才是怎麼一回事？他們說烏丸同學車禍死了？可是，就在剛才，烏丸還坐在這裡的桌邊，和大家一起說著話的。

這開的是什麼玩笑？

如果是玩笑的話，未免太不吉利了……

我用力眨眨眼睛，重新仔細打量眼前的同學們——但他們和剛才一樣，也是一臉正經，完全看不出是在開玩笑。

「我說……那個……」

我慢慢地插嘴說道：

「你們說的烏丸同學……她不是剛剛才出去打電話嗎？」

我才這麼一說，他們幾個人的視線便同時射向我，表情冷漠而僵硬。

「你在說什麼？」

一位女同學說。她好像叫室町，室町狠狠地瞪了我一眼。

「不行吧?那樣……」

「烏丸同學死了。」

說這話的是男性。是剛才被大家**當成死人**的大宮。他也以銳利的眼神注視著我。

「上個月她出車禍死了,所以沒有來參加今天的同學會。她現在沒有在這裡,不是嗎?」

「可、可是——」

在他們強大的壓力下,我好不容易找到可以反駁的言詞:

「可是,她剛才還在這裡呀!看,就是那個位子,她剛才坐的……」

難道剛才坐在那裡的不是「烏丸」嗎?難道是——

那確實是「烏丸」沒錯,但是,她也確實在上個月的時候車禍死了?

不相信鬼怪的我,卻有了這樣的想法——

我全身起雞皮疙瘩了。

同學們一臉為難地面面相覷,卻誰也不想回答我問題。

我下意識地又伸手去拿香菸。用力吸了一口帶著苦味的菸,努力壓下自己紊亂的情緒,閉上有點浮腫的眼瞼。過了一會兒——

「對不起,對不起。」

一個發音有點怪的女人如此說。另一個女人回應道:

「回來了?打電話給誰?」

「我老公。告訴他最後一班車已經走了，因為還沒有要散會，晚一點才會回去，所以等一下會坐計程車回去，叫他先休息。」

「這麼晚了，他沒有抱怨嗎？」

「一點也沒有。」

「哇！烏丸真好命，有這麼通情達理的老公。」

「啪」地張開眼睛，烏丸已經坐在原本的位子上了。她注意到我的視線，不解地問我：

「怎麼了嗎？」

「啊，那個……」

我惶恐地試著問道：

「那個……妳是烏丸同學？」

「哎呀！你終於想起來了。」

「不是這樣的……啊，是。唔……」

再喝下去，恐怕會醉得更嚴重吧！雖然這麼想著，卻還是拿起酒杯，讓杯中的紅酒流過喉嚨。突然——

嗚哇！

強烈的暈眩！就在這陣強烈暈眩襲來的同時，圍繞在桌子邊的同學們的身影被扭曲的世界吞噬，一下子完全消失了——我覺得是這樣的。

4

市立玄武第三國民小學。

三十幾年前，我確實從這所位於市中心、頗有歷史的古老小學畢業，但是——我連這一點記憶，都不是十分清晰。連「玄武第三國小」這個校名，也是看了這次同學會的手冊，才生出「這麼說來，好像是這樣」的感覺，想起小學時的學校名稱。

至於那時的朋友們或導師的事，我更是忘記得連自己都感到驚訝。儘管努力地去回想，但那時的人、事、物，彷彿都是在霧中擺盪的影子。我曾經想過：或許應該去翻翻畢業紀念冊，幫助回憶，畢業紀念冊卻不知道放到哪去了……

三月的第二個星期六。

這一天從黃昏時分開始，市內某一家飯店的宴會廳裡，進行了所謂「玄武第三國民小學，昭和〇〇年畢業生同學會」。這場同學會的規模比我預期中的盛大，來參加的人數更是不下百人。

我在接待處領了名牌，別上名牌後，便在會場裡閒適地晃來晃去。不久便有幾個人來和我打招呼，但是我看了他們的臉，又看了他們的名牌，還是不清楚對方是誰。有人還說是我六年級時的同學，但我實在想不起來。不過，我很努力地不讓對方發現自己不記得他們，老實說這還挺費力氣的。

讓我頗感意外的是：我用與本名不同的筆名寫小說的事，大家好像都知道，還有幾個人拿了書請我簽名。這本應該是值得欣慰的事情，我卻覺得有點不自在，有種走錯場合的錯覺。好像我愈是試著回想他們過去模糊的輪廓，現在自己的輪廓也會變得愈來愈模糊。這究竟是……

所以……

我原本打算同學會開始後，找個時間早早離開，結果卻被勸說參加了第二攤聚會，甚至還參加了第三攤，於是來到這家酒吧……啊！這到底是為什麼呢？為什麼呢？

但回過頭仔細想，其實也不奇怪。

仍然像寒冬一樣的三月寒空下，「IARA」所在的貓見小路一帶，到處可見盛開的夜櫻景色。

5

繼大宮和烏丸同學之後，又有兩人發生同樣的情形。

一個是叫川端的男生。

川端同學繼承了祖業，是和服店的經營者，住在從小長大的房子裡。當他也和前面的人一樣離開座位後，除了我以外的其餘六個人，果然又開始了「川端同學死了」的話題。這回川端的死因是「胰臟癌」；說是川端去年秋天時覺得不舒服，便去看醫生，但是查出病因時，病情似乎已經是回天乏術的狀態了……

就在那六個人輪番說著「好人卻早死」、「那樣的男人死了，實在太可惜了」、「太遺憾了」、「好可憐呀」……等等哀悼故人的詞句中，川端若無其事地回到桌邊。其他人則像什麼事也沒有發生似的，很快地和他開始了別的話題——和大宮與烏丸同學離席時的情形，可以說是完全一模一樣。

第二個是叫堀川的女生。

她的情形也和前面三個人一樣。堀川離過一次婚，沒有小孩，目前單身與娘家年邁的母親住在一起……；至於她死亡的原因，據說是因為厭世而「自殺」的。她從住家附近的大樓頂樓跳下來，並沒有發現遺書之類的東西。

堀川很快就回到桌邊。不過，從她的外表看來，一點也看不出她會「厭世」，而且，聽說今年春天她要再婚了，這個話題讓大夥很興奮……

這樣的變化真的讓我又驚訝又混亂。

總之——

一定就是會變成**那樣的情況**。

凡是站起來離開桌子邊的人，在他離開的時候，一定會被當成「死人」，並且被按上「適當」的死因，其他人便依這「共同」的條件，發表對死者的哀悼之詞——也就是說，大夥要認真地演出**那樣的戲**。依照目前的情形看來，我只能這樣理解，不是嗎？

只有這麼想，才能做出合乎現實的解釋吧？——雖然我已經喝到有醉意，但是仍然擁有這種程度的思考能力。

只是——

為什麼要演這種戲呢？我不明白。

為什麼來到這裡後，他們便開始演這種戲？如果這是有某種特殊意義的遊戲，那實在稱不上有趣——甚至可以說是一種太過惡劣的遊戲，不是嗎？

啊，這是為什麼……

想到這裡，我的腦子裡開始浮現幾分偏離現實的意念。

——這並不是單純的遊戲，這是……彷彿是某種邪惡的「儀式」，像隱藏著陰毒惡意的「詛咒」……

「那個，可以問一下嗎？」

我終於下定決心，問坐在我旁邊的他。

他姓朱雀。在今天充斥著種種不現實的氣氛裡，他是個例外，是我能清楚地感覺到輪廓的人。

小學時，朱雀同學一直和我不同班，但是進入國中後的第一年，我們卻成了同班同學。朱雀這個人很守規矩而且很安靜，是個瘦小的少年，不知為何，我們初識的時候就很投緣，還數次造訪彼此的家。我很清楚地記得他的家像一間圖書館，有著堆滿了書籍的房間。

但是，國一的第三學期[5]，朱雀因為「家裡的事情」，突然轉學，我們從此斷了音信。沒多久後，好像在跟隨他的腳步般，我也因為搬家而轉學了。或許是因為我的腦子裡還有這一點點的記憶，所以對他存在著某種同伴的意識。

貨真價實的闊別三十幾年，今天和他再次見面了。他外貌和以前一樣，仍舊瘦瘦小小的，但是氣質看起來成熟了，而且也變得比以前活潑，有社交能力。目前的他，好像是市政府文化財保護課的公務員。

「從剛才開始就這樣！這是怎麼一回事呢？我是說，每次只要有人離席，就……」

朱雀聽到我的問題，鼻子發出「哼嗯」的聲音說：

「咦？你不知道嗎？」

「知道什麼？」

「不記得了呀？國中一年級的時候，不是玩過這個嗎？」

我不自覺地「啊！」一叫出聲。

「這樣的詛咒……啊，你是說這是在玩守靈遊戲嗎？」

「你說詛咒……」

朱雀嚇了一跳般地皺了一下眉，但很快又「哼嗯」地說：

「看來你是真的不記得了。」

「……」

「國中一年級的……那一年，一進入秋天後，圓谷公園的櫻花呀！」

5日本是一年三學期制。

朱雀放在桌子上的手機此時低聲響了。這裡的地下室收得到信息嗎？或許是不同電信公司，收訊的情況有所差別。

他立刻拿起手機，好像是簡訊。朱雀看了畫面一眼後，對大夥說聲「抱歉」，便站起來，往酒吧的門口走去。

就在他從門後消失後不久，發生了一件偶發事件。酒吧內的燈光突然全部熄滅了。停電了。迴盪在酒吧內的音樂戛然而止，但驚恐與不知所措的聲音，卻在酒吧內此起彼落。

兩、三分鐘後，停電的狀況解除了，燈光回來了，音樂也回來了。「嘩──」的歡呼聲、鬆了一口氣的嘆息聲與突然冒出的莫名其妙笑聲，代替了剛才的驚恐與不知所措的聲音。

剛才離席出去外面的朱雀，在這個時候回來了。因此──

因為發生了讓人意外的停電事件，所以，儘管朱雀離開了位子，卻沒有人提出「朱雀同學死了」的話題。朱雀是否知道這情況呢？

「唔？怎麼了嗎？」

朱雀疑惑地問。

「有什麼問題嗎？」

「沒有，沒什麼。」

回答的人是繼承日本和服店的川端。他抽動表情有些詭異的臉頰說：

「只是剛才停電了一下子。很快就恢復了。」

「停電？」

朱雀皺著眉，好像想說什麼，但最後他只是搖搖頭說：

「臨時有些事情，我要先走了。」

朱雀這麼說。

除了我以外的其餘六人聽了朱雀的話後，便緩緩地相互看看彼此，卻沒有人說什麼。是我太敏感了嗎？我覺得除了川端外，另外那五個人的表情看起來都有些古怪。

「今天很開心。看到大家目前的情況都很好，真的太好了。希望下次還有這樣的見面機會——再見，我先走了。」

我一邊目送揮著手離去的昔日朋友，一邊心裡直嘀咕。因為——

我的尿意愈來愈強烈，已經接近忍耐的極限了。當然，我只要去上個廁所，就可以解決這個問題，只是——

我一旦離開桌邊，剩下來的六個同學們，就會開始說些什麼吧？我非常在意這個……

6

——我把同學會的事情，說給妻子聽。

翌日午後，好不容易擺脫了宿醉的糾纏，起床後卻仍然覺得頭昏腦脹。喝了妻子煮給我的濃咖啡後，我一邊回想昨天晚上的事情，一邊說給妻子聽：

「如果說那是怪談或鬼故事，那麼，我從酒吧裡出來時，應該就會發生『原來只有我一個人？！』之類的橋段才對啊。」

「你的意思是：或許昨天根本沒有什麼同學會。是嗎？」

「嗯、嗯。」

「然而確實是有同學會？」

「是呀！所以，妳不覺得這件事很奇怪嗎？」

「嗯。」

妻子托著腮，輕輕地歪著頭，追問道：

「然後呢？朱雀同學回去後，你有沒有去上廁所？該不會一直忍著吧？」

「沒有那麼誇張。」我苦笑著說：「我去廁所了。可是……還是會很在意吧？當我不在的時候，我是否也會被當成『死人』呢？」

「嗯，是呀！一般都會這樣想的。」

「是吧？於是……」

於是我心生一計。

這一天我身上帶著小型的數位相機。就在要離開座位前，從包包裡拿出數位相機，若無其事地放在桌子的角落上。

最近的相機性能很好，具備長時間拍攝的功能，只要按下開啟的開關，在錄影的同時，也能錄下現場的聲音。自己不在場的時候，圍繞在桌子邊的人會說些什麼呢？只要用了這個相機，就可以把他們的聲音通通錄下來……

「不愧是推理小說作家呢。」

妻子半開玩笑地說。

「那麼，順利的錄下來了嗎？」

「嗯，錄下來了。」

我點點頭，然後手掌抵著額頭。

「他們說了什麼，你聽過了嗎？」

「嗯，聽過了。在回來的計程車上聽了。」

「怎麼樣？」

妻子很感興趣似的微笑著問。

「你也和其他人一樣死了嗎？」

「是的。我確確實實地死了。」

我以半開玩笑的語氣回答，但臉上的表情一定不會是開心的，所以無法像妻子一樣掛著微笑——不過，聽到我的回答後，妻子並沒有露出特別擔心或憂慮的樣子。

「你是怎麼死的？」

妻子甚至這麼問。

我低聲嘆了一口氣，拉出放在長袍口袋裡的數位相機，一邊把相機放在妻子的面前，一邊問道：

「要聽聽看嗎？」

7

翌日是星期一，我特地早起前往深泥丘醫院，去接受腦神經科專門醫生石倉（一）先生的診療。

前一天聽了用數位相機錄下的同學會談話內容後，妻子不慌不忙地說：「沒有什麼事，用不著慌張，不要緊的。」但天生神經質的我，可怎麼樣也坐不住……

——真的是一個好人呀！

——聽說是腦子裡長了惡性腫瘤。

——雖然動了手術，但手術沒有成功。

——腦癌太可怕了。

——聽說他健忘的情況相當嚴重，或許這就是原因了。

——或許吧！

——推理小說家腦筋糊塗了，那還真辛苦。

——只能說「太可憐了」。

——乾脆地死了，那也算是好事呀！

——是啊！

……

……

……

用數位相機錄下來的聲音雖然有許多雜音，但還是清楚地聽到了那些人對談的內容。

「不要這麼在意。不要在意。」

妻子立刻對我這麼說。

「而且，你不是去年才仔細的檢查過腦部了嗎？」

「嗯。是呀，確實是那樣。不過……」

我雖然點了頭，但心情並不輕鬆。於是妻子又說：

「說到今年，今年是閏年唷。」

「唔？」

「櫻花這麼早就開了。」

「怎麼了嗎？」

見我這麼問，妻子又托著腮，歪著頭「唔——」了一聲才說：

「我剛剛才想到的……你不知道嗎？聽說對這個地方而言，閏年是不好的年。」

「不知道……」

我學妻子托著腮，歪著腦袋。

「不過，如果真是那樣，那不是很糟糕嗎？所謂的『不好』，含有不祥、不吉的意思，是災難的前兆吧！所以還是……」

謹慎起見，我還是趕快去醫院做個檢查吧！下定決心後，今天早上一起床，便前往熟悉的醫院。

8

「沒有什麼異常的狀況。」

以茶綠色眼罩遮著左眼的石倉醫生一邊看著排列在看片燈箱上的核磁共振成像，一邊述說成像的內容。

「很乾淨呀！雖然你很在意自己健忘的情形，但從今天拍出來的成像看來，你的狀態很正常，腦部很乾淨，看不到任何腫瘤的影子。」

「是嗎？」

聽到醫生這麼說，我放心了。

「嗯……太好了。」

「不過，你為什麼突然想做檢查呢？」

醫生注視著我的臉問道：

「去年年底才做過腦部的檢查不是嗎？剛才我也問過你了，有沒有類似嚴重的頭痛或手腳麻痺、舌頭不靈活等症狀，你的回答都是沒有吧？」

「是的，我只是常常有暈眩的症狀。」

「你的暈眩症狀應該是心因性的，是壓力造成的暈眩——不過，你突然要求檢查腦部是否有腫瘤，確實讓我嚇一跳。」

「啊……不好意思，驚動您了。」

「是不是發生了什麼事？」

醫生眯著右眼問。

「一定有什麼原因吧？」

「唔……是這樣的——」

於是我把前天晚上同學會的事情，說給醫生聽。

開始的時候醫生沒說什麼，只是側耳傾聽，但是漸漸便開始發出「呃」或「啊」之類的回應聲，到了最後，則是雙手交叉在胸前，不僅「嗯嗯嗯」地回應著，還頻頻微微點頭。

「醫生，那樣的事不是很奇怪嗎？……而且讓人很不舒服。」

我很認真地說。

「我真的很在意。那到底是開什麼玩笑？雖然不知道原因是什麼，但知道自己被說因為腦癌而死了，總是會不舒服。雖然覺得那樣很愚蠢……」

「所以你擔心了？」

「是的。」

「原來如此。」

石倉醫生仍舊雙手交叉在胸前，用力的點了頭。那位一直在診療室角落等候的咲谷護士，此時突然開口了：

「因為**閏年的狂櫻**。」

「啊，就是那個。」

我反射性地說。

「我太太好像也那麼說了……」

「唔？你不知道嗎？」

醫生開口，他鬆開交叉在胸前的雙手。

「不過，關於那件事，我覺得你沒有必要太認真。那是迷信不是嗎？起碼我是這麼認為的。」

「閏年的時候櫻花會提早開花。這是**不好的事**嗎？」

我想起妻子說的話，便順口說出來。但這時我突然感覺到一種奇怪的氣氛。

那是……什麼時候呢？

記得以前好像聽過類似的話。確實聽過，時間是三年前的梅雨季節時嗎？每天都下雨，連續下了好幾天的雨了，所以……

——不好呀。

那時她也說「不好」。

——真的不好。

所以……啊，所以？

已經完全模糊的記憶，對我一點用處也沒有，我只能無力地搖搖頭。

「所謂『狂櫻』的現象，並不僅是像今年這樣櫻花異常的提早開放。」

石倉醫生說。

「櫻花在春天開過後，到了秋天時竟然再度盛開，這也是『狂櫻』的現象。一般人說的『狂櫻』，大多是指這種『再開花』的情形。」

「——噢。」

「那個對你說了一些像是故弄玄虛的話的人，是朱雀同學？是嗎？」

我的腦子裡立刻浮現出朱雀同學的臉。我回答石倉醫生：

「啊，是的。」

又說：

「他說我們國中一年級的時候也玩過**那個**。」

「你讀國中一年級的……那一年不會也是閏年吧？」

「啊？唔……確實是的。」

「那已經是三十六年前了吧？」

醫生的手指碰了碰眼罩。「吁」地輕輕嘆了一聲。

「那一年我也是本地的國中生。沒錯、沒錯，我記得很清楚，那年進入深秋後，圓谷公園的櫻花像瘋了一樣的亂開。」

啊，對了！朱雀也在那時說了相同的事……

「閏年的狂櫻不是好事。那是不吉的徵兆，是災難的前兆——很多人都這麼說，而我們也接受了這樣的說法。所以當時很流行**一件事**。」

「**一件事**……」

「不知道是從什麼時候、從哪一個人開始的。或許在那一年之前，人們就會那麼做了，而且，也或許不是只有小孩會那麼做。總之那是——」

「醫生您說的事，就是我同學會那天晚上的**那件事**嗎？」

我覺得有點頭暈了，於是手指按著眼瞼，繼續說：

「但是我——」

「你不記得了，是嗎？你不記得自己曾經做過**那件事**。」

「——是的。」

「唔，這種情況也是有的吧！」

醫生若無其事地說著，但臉上卻露出不自然的微笑。我皺著眉，深覺沮喪，又問：

「但是，醫生，為什麼呢？大家為什麼要做那種不吉祥、像某種邪惡儀式般的交談……」

「不對。」

醫生臉上的微笑不見了。

「那不是邪惡的儀式或詛咒。完全不是那樣，**那件事**的意義與你所想的正好相反。」

「意義正好相反？」

「對。總之，**那件事**……也就是說要那樣做的意義是，趕走即將降臨的災難。那是為了消災解厄而進行的事。換句話說，**那件事**就像**可以消除厄運的符咒**……」

雖然醫生這麼說，但……

我還是無法馬上理解醫生所說的話。離開醫院，在走回家的路上，我不時搖著頭，嘴裡還喃喃唸著「消災解厄？」「消除厄運的符咒？」的話。

6

大約一個星期後，我接到了朱雀同學過世的消息。據說在市政府的文化財產保護課工作的他，在前往如呂塚的古代遺跡時，突然被大片的坍方落石擊中，結束了生命。

「他是好人呀……」

掛斷來通報訃聞的電話，我忍不住低聲地說。

明明才三月中旬，從我家可以看得到的紅叡山的山腰上，近幾年來總是延遲綻放的山櫻花，今年卻早早盛放了。

心之黑影

作了這樣的夢——我覺得是那樣的。

1

事情開始於一個星期前，那時我在這裡——深泥丘醫院接受檢查。

因為年齡馬上就要跨過五十大關，我經常因擔心身體的問題而感到不安，所以總是定期到這家醫院做各種身體檢查。這一天要檢查的，是之前已經預約好的腦部核磁共振和肺部的電腦斷層，還有腹部的超音波檢查。

「腦部很乾淨呀。」

診療室內的看片燈箱上，排列著好幾張核磁共振成像，腦神經科專家石倉醫師看著那些成像這麼說。左眼上覆著茶綠色眼罩的這位石倉醫生，就是我這幾年來的主治醫生。

「我知道你擔心自己有早發性的失智症，但是，從這些成像上看來，你完全沒有這方面的問題。你的血管也很正常。嗯，很乾淨的。」

啊！好極了。

接著，醫生拿下看片燈箱上的腦部核磁共振成像，換上肺部的電腦斷層掃描成像。

「你還抽菸嗎？」

醫生問。

「啊！是的。那個……」

「沒有想過戒菸嗎？」

「是。不管怎麼樣都……」

「了解，因為戒菸也是有壓力的。我也不是強硬主張一定要戒菸才可以的醫生。」

石倉醫生一邊慢慢地看著斷層掃描片，一邊「嗯嗯嗯」地沉吟著。

我緊張地問：

「有什麼不對的地方嗎？」

「唔？——啊，沒事，不要緊的。你的肺部雖然不能說很健康，但是，就算是有一點狀況，也還不到必須去請教呼吸科醫生的地步。」

「是。」

「不過呢，做為醫生，我還是必須提出建議，你應該儘可能的不要抽菸。可以嗎？」

「——噢。」

我順從地點點頭，但心裡卻在說「要我戒菸是不可能的」。

——這就是尼古丁中毒者的悲哀呀！

——這時，另外一位醫生走進來。他是消化器官科的石倉（二）醫生。

兩位石倉醫生年紀相同，長相也相似，不過這位石倉醫生所戴的茶綠色眼罩，與腦神經科的石倉醫生所戴的茶綠色眼罩，正好在相反方向的眼睛上；因此，即使不去看兩位醫生佩戴的「石倉（一）」與「石倉（二）」的名牌，也可以分辨出誰是誰。

「關於腹部超音波檢查的結果……」

石倉（二）醫生與石倉（一）醫生交換位置，對著我說。

我覺得他的表情看起來好像面有難色便問：

「有什麼問題嗎？」

剛才這位石倉（二）醫生在為我做超音波檢查時，嘴裡有時會發出「啊」、「唔」的聲音，但當場並沒有說什麼。那時我就有點在意他的反應了。

醫生表情嚴肅地伸伸下巴，以眼色示意另一位石倉醫生。於是，好幾張超音波的成像被排放在看片燈箱上。

「兩邊的腎臟、胰臟、脾臟、膽囊，都沒有異狀。但是肝臟這邊……」

我的屁股從椅上浮起，看著那些超音波成像。但我是外行人，根本無法從那些成像上看到什麼。因為看也看不懂便問：

「我的肝臟有問題嗎？是脂肪肝？還是肝炎？」

「不是，不是那種病症……」

「是肝硬化嗎？還是肝癌？可是我完全感覺不到肝有不對勁的地方。」

「肝是沉默的器官。」

醫生先是一本正經地如此回答，然後表情很快地轉為柔和地說：

「你的問題不是肝硬化或肝癌那種攸關性命的病。」

「那麼，到底是什麼問題？」

「請看這裡。」

醫生指著其中一張超音波的成像說：

「就是這裡。這裡有一塊變黑的部分吧？範圍相當大，像巨蟹座的氣體星雲那樣，正在逐漸擴散中。」

聽到醫生這麼說，我更聚精會神地再一次仔細看著那成像，確認醫生所說的話。是不是「像巨蟹座的氣體星雲那樣」我不知道，但是成像上確實有著第一眼不會馬上注意到，卻愈看愈覺得奇怪的擴散狀黑色陰影……

「這是什麼……」

不安的感覺快速膨脹，我的舌頭因此變得不靈活。

「是惡性腫瘤，還是什麼可怕的東西嗎？」

「不是，不是那種東西。」

醫生明確地否定我的猜測。

他看了一眼另一位石倉醫生才說道：

「這是『心之黑影』。」

2

「心之……黑影？」

我懷疑自己的耳朵所聽到的。但醫生點頭說「是的」，他的神情非常認真，並且強調地再說一次：

「『心之黑影』。」

「是這個？這個嗎？這團黑黑、模糊的影子？」

「是的。」

「那、那是……每每發生什麼重大的凶殺案件時，電視或許多新聞媒體經常會使用到的字眼──那個所謂的『心之黑影』嗎？」

「是的，就是那個所謂的『心之黑影』。你不知道嗎？」

「──不知道。」

「也難怪，畢竟『心之黑影』是人們直到最近才逐漸了解到的東西。多虧了Q大的真佐木老師，經過他多年的臨床研究，終於追到了答案。」

Q大學附屬醫院精神科的真佐木教授嗎？

他是個我多少也認識一點的人物。雖說是那位教授花了很長的時間，持續研究的結果，但……

「為什麼『心之黑影』會在肝臟呢？而且，竟然是用超音波檢查出來的！這樣的事……」

「你沒有聽說過嗎？本醫院的超音波檢查機器不同於一般，它擁有真佐木老師發明的特別功能。」

「可是，『心之黑影』出現在肝臟上，還是太奇怪了吧？通常應該會出現在腦部吧？至少海馬體或扁桃腺是比較像會產生『心之黑影』的部位。」

「你的想法很合理，但是——」

石倉（二）醫生只這麼說，然後與旁邊的同事互看了一眼。於是腦神經科的石倉（一）醫生開口說道：

「根據真佐木老師的研究，人的『心』並不只棲息在腦部，『心』遍佈在人身體裡的各個地方。真佐木老師的這個學說，以前一直被視為異端說法，但是，近年來由於臨床上已經開始承認『心之黑影』的存在，因此老師的學說也終於得到證明。」

「所以——」

石倉（二）醫生接著說：

「『心之黑影』可能出現在人身體裡的任何部位。可以出現在腦部，也可能出現在心臟或肺部，當然也可能出現在胃腸或肝臟。」

「不過，目前出現在肝臟的實際病例，佔壓倒性的多數，出現在腦部的例子反而非常少見。遍佈在身體各個部位的『心』所生成的『黑影』，會順著血流，集中到肝臟。有人認為這是因為肝臟是解毒器官的關係……」

醫生們說的「現代醫學最新情報」，對我而言實在是太過先進到足以讓我暈眩的地步。我的心理還沒有整理好，現在就要我相信他們說的話，實在很難。但看他們的樣子，我也無法覺得他們是在說謊或在開玩笑。

「那麼，這就……」

石倉（二）醫生說。他調整一下坐姿後問：

「怎麼辦呢？要如何處理你的『心之黑影』？」

「醫生覺得應該怎麼辦呢？」

「雖然就這樣放著不管的話，也不會立刻關係到你的生命問題。不過，畢竟是『心之黑影』，隨時都有可能引起什麼麻煩事。」

「例如哪一天我會突然沒有選擇性地隨便殺人嗎？」

「哎呀哎呀，不要說這麼極端的話。只是，你現在經常感到壓力纏身，常常覺得暈眩，或身體不適的種種狀況，很有可能就是這『心之黑影』造成的。」

「嗯。那，醫生認為該怎麼處理呢？」

「其中一個選項是——」

醫生用手指撫摸著茶綠色的眼罩邊緣說：

「動手術摘除。」

「動手術？可以利用手術摘除『心之黑影』？」

「可以。如果你的『心之黑影』出現的部位是在腦部或心臟，那就比較麻煩了。所幸你的『心之黑影』出現在肝臟，而且目前看來只是表面上的擴散，只要使用簡單的手術，就可以除掉了。最近有很多和你相同的病例，有不少患者已經在本醫院接受我所說的摘除手術。到目前為止，手術的成功率可以說是百分之百，所以……」

醫生說話的時候，表情始終很嚴肅，但語氣卻顯得很輕鬆，對動手術很有把握的樣子。

畢竟動手術是大事，所以我也很難當場就同意。不過，如果那是簡單的手術，那就馬上同意也無妨……當下我就有了決定動手術的想法。

3

——就這樣，一個星期後的今天。

既然我已經在心裡做好決定，又得到了妻子的同意，所以便接受醫生的建議，決定進行手術，摘除在肝臟上發現的「心之黑影」。

根據手術前的說明，將在我的身上進行的手術，是使用最新專門儀器的腹腔鏡下手術。這種手術不會讓患者有重大的身體負擔，順利的話，手術過後兩、三天就可以出院。況且，不知理由為何，我接受手術時，Ｑ大的真佐木教授也會在場觀看。這一點讓我感到安心。

「不用擔心，不會有事的。等你醒來的時候，所有的問題便都結束了，因為那時你身上的『心之黑影』已經完全被摘除了。」

在接受全身麻醉進入沉睡前，那位我熟悉的咲谷護士如此對我說，但她臉上還掛著會讓人忍不住多心的奇怪笑容。不過，如咲谷護士所說的那樣，幾個小時後，手術順利結束，躺在病房床上的我，慢慢地張開眼睛醒來。

在我病床旁邊的妻子先對我說：「醒了嗎？」

接著又說：

「手術很成功，一點問題也沒有，真是太好了。」

「啊……嗯。」

我覺得右邊的側腹部不太舒服，不過，大概是麻醉劑的效果還在，所以並不覺得痛。我也覺得心情不壞。只覺得好輕鬆，並且全身非常舒暢……

老實說，我對這種情形感到驚訝。

一摘除「心之黑影」，就馬上有這麼清晰可見的效果嗎？還是這只是我的心理作用？——不，不是心理作用。

我感覺到前所未有輕鬆與心情舒暢……

啊，我覺得從此以後可以不必再擔心暈眩的問題了。戒菸也不是那麼痛苦的事情了，也能夠毫無阻礙地寫稿了……

「效果太驚人了……」

我忍不住獨自喃喃自語。

4

不久後，到病房來看我。來的是消化器官科的石倉（二）。

「覺得怎麼樣？」

「心情非常好。很難形容的好……」

「之前的患者也都這麼說。每次都讓我感到訝異。」

醫生爽朗地笑著說。

「不過……」醫生換了個語氣說道：

「你想看今天從肝臟摘除下來的『心之黑影』嗎？」

「我能看嗎？」

「如果你想看的話……事實上，我們會把摘除下來的『心之黑影』交還給患者。『心之黑影』與受傷的臟器或腫瘤不一樣，目前還沒有法律規定處理辦法，所以我們院方也很難做處理。因此，原則上我們會把摘除下來的『心之黑影』交還給患者本人保管。」

「噢，原來如此。」

「那麼，這個……」

醫生說著，把一個白色的壓克力小盒子遞給我。

「裡面裝著我的『心之黑影』嗎？」

「是的。」

醫生點點頭。

「這樣說好像和剛才的話相互矛盾了。」

醫生接著說：

「但有一件事要請你特別注意。希望你儘可能的不要去看盒子裡的東西。」

「為什麼？難道是看了之後會有什麼可怕的後果嗎？」

「也不是。如果只是看的話，那也沒有什麼問題。但是……」

醫生要說不說的，臉上還露出會讓人多心的詭異微笑。

「總之，要不要看是你的自由。」

醫生說完這話，便離開病房。

不久之後，護士和妻子也出去了，病房內只剩下躺在病床上的我——

經過一番猶豫，我決定打開醫生交給我的白色壓克力盒子，看看盒子裡面的東西。曾經在我身體裡的「心之黑影」到底長什麼樣子？無論如何我都想親眼看一看。

我打開盒蓋，懷著戒慎恐懼的心情窺視盒子的內部。

那是一個約乒乓球大小的黑色塊狀物體。但和我想像中不同的是：那物體看起來輕飄飄的，樣子很像棉花糖……

……啊，這就是我的「心之黑影」。

這就是我的「心之黑影」嗎？

就在我心生這個想法的下一個瞬間——

我做了一個完全沒有經過思考的動作。

我的右手伸進盒子裡，拿起**那個**，就往嘴巴裡送……

那是完全沒有理性思考，絕對衝動的行為。

那個看起來太可口了。而且，實際地送入口中後，**那個**馬上融於口中，好像與口水合為一體了，然後順著喉嚨進入體內，好吃到像可以融化我的心。

恐是恐怖電影的恐

作了這樣的夢——我覺得是那樣的。

1

因為種種巧合與機緣累積的結果，我們成了**那個現場**的第一目擊者，而偏偏我們又負責了這一**連續殺人命案**的調查工作。

我所說的我們，指的便是在黑鷺署刑事課工作的我，和我的老朋友石倉醫生，石倉醫生是黑鷺署的特約醫檢。

「哎呀！這個是！」

石倉醫生叫道，撫摸左眼上茶綠色眼罩的手指微微發著抖。

「莫非這和那個事件是……」

「這是一目了然的事情。」

我壓抑著內心的強烈不安，如此回答。

「這個可以視為是第五件命案了吧？」

在著名的古代遺跡如呂塚附近，有一座小小的如呂湖。我們兩人剛剛踏進建於小湖邊，已經廢棄的小屋內。

小屋內的光景只有「慘」字可以形容。

地板上有一大攤的血，血漬還沒有乾，空氣中彌漫著嗆鼻的血腥味。那一大攤血的上面，有一具頭破血流的男性屍體……

「那個就是凶器吧？」

我指著被扔在屍體旁邊的斧頭說。石倉醫生一邊戰戰兢兢地慢慢靠近斧頭，一邊說：

「肯定沒錯！斧頭上還有新鮮的血跡，看來這樁命案發生還不到一個小時。」

男人仰躺在地上，手腳像「大」字一樣地張開，已經一動也不動了。從身高和體格來判斷，死者確實是男性，不過看不出年齡，也不清楚他是帶著什麼表情斷氣的，因為——

他的臉被蓋住了。

他的臉上蓋著一個**有點髒的曲棍球員面罩**。

「今天是星期五吧？」

我說。醫生馬上回應道：

「而且是十三號。」

「果真是特意**倣效的！第五樁命案發生在『十三號星期五』**。」

「確實是。但是，這個……」

「先請求支援吧！或許凶手還在附近……」

我這麼說著，拿出手機，準備緊急聯絡署裡。

2

事情開始於兩個月前。

六月上旬。剛宣佈進入梅雨季節的第一個星期日的早上，位於市內東地區，屬於黑鷺署管轄範圍內的人文字教會的後院裡，發現了一具詭異的他殺屍體。

死者是住在這個教會附近的高中二年級男生。已經是六月天了，被殺的男生不知道為何還穿著冬天的立領學生制服。

凶器是一把長鐵槍。鐵槍從死者的右肩刺入，貫穿心臟後，從左邊的側腹凸出死者的身體，然後插入地面……在這支鐵槍的支撐下，死者是站著斷氣的。

一看到那種不像人類可以辦到的命案現場，我瞬間想起某一部電影裡的某一個畫面。那部電影是《天魔（The Omen）》（李察．唐納 Richard Donner 導演／一九七六年）。

在那部電影的中間，布瑞南神父突然被暴風雨襲擊，準備逃入教堂避雨時，慘死在教堂前面的那一幕。眼前的**這個**，不就和電影裡的**那個**很像嗎？

我對著同為刑警的同事們這麼說時，他們每個人都以訝異的眼神看著我，上司也明顯地面露不悅之色說：

「總之一句話，你就是個恐怖片的愛好者。」

結果是沒有一個人願意陪我討論此事。不過，問題是：不只是死者被殺的模樣酷似而已。

D

因為有人在連日的雨而泥濘的現場地面上，寫下了這個字母。那是凶手留下來的簽名吧！——我確信是這樣的。

「D嗎？那是達米盎（Damiaan）的D嗎？」

知道這起命案，並且立刻做出這種反應的人，是接受屍體檢查委託的石倉醫生。

「哦？醫生這麼認為嗎？」

「一般都會這麼想吧！」

「你喜歡恐怖電影？」

「就算不是特別喜歡，也會知道像《天魔》那樣的電影吧？那是常識……不過，老實說，我確實喜歡恐怖電影，而且看了非常多。」

「果然——對於這次的命案，請問醫生有什麼看法呢？覺得這只是偶發的命案嗎？」

「偶發的？當然不是吧？」

「我也覺得不是。」

「凶手應該是以《天魔》中的一幕為範本，進行了仿效性的殺戮行為。不是嗎？」

「說得是呀！」

「而且還在現場留下了簽名。達米盎的D……」

至少醫生和我一樣，對此命案有著相同的看法。但是，除了我們之外，沒有人接受這個看法。不過，話說回來，在那個時候沒有其他人願意接受這個看法，或許也是理所當然的吧！

然而——

兩個多星期過去了，在一點破案頭緒也沒有的情況下，黑鷺署管轄的區域裡，又發生了一起新的命案。

這次命案的現場是N女子大學的學生宿舍。住在這個宿舍裡的文學院二年級女生遭人殺害，慘死在宿舍內的儲藏室裡。

命案發生的時間是深夜，死者的腹部被利刃刺中好幾刀，最後因喉嚨被割斷而斃命。而且——

不太明白女學生到儲藏室要找什麼東西，但現場的儲藏室裡，捲成線圈狀的鐵絲散得到處都是，而受害者似乎在被刀刃攻擊以前，曾經被這些鐵絲綁住手腳，處於不能動彈的情況。

——看到這樣的現場，我瞬間想起某一部電影裡的某一個畫面。那部電影是《坐立不安（Suspiria）》（達理歐·阿金圖 Dario Argento 導演／一九七七年）。

在那部電影的後半部分裡，潔西卡·哈帕（Jessica Harper）所扮演的蘇西的朋友莎拉，在芭蕾學校內的道具室裡被殺害了。

莎拉被殺害的情形，不是和現在的狀況很像嗎？

「簽名呢？有嗎？」

石倉醫生在得知這個命案的概要後，馬上提出這樣的問題。

「現場牆壁上有用血寫下的字母。這次寫的不是D，是E……」

「噢。那一定艾蓮娜·馬科斯（Elena Marcos）的E……」

「是吧！」

「會是同一個凶手嗎？」

「雖然沒有證據，但是，像這樣的『倣效殺人』，應該不是單獨的個別案件……」

假如這是個連續的殺人命案，那麼，下一個出現的命案現場，會是《天魔》裡或是《天魔續集》裡的哪個殺人場景呢？我和石倉醫生曾經這樣漫無邊際的猜測過，但現實卻與我們的猜測不同，因為這次出現的命案現場與《天魔》無關，而是《坐立不安》——這樣的結果不免讓我們想像：如果還有下一次，那……

我和石倉醫生因為兩人共通的認知與想像，忍不住全身起了雞皮疙瘩。

3

又過了幾個星期，時間來到了七月中旬，第三個命案發生了。

死者是Ｑ大學法學院四年級的男生。他是住在自己家裡的本地大學生，正在為了進入法學院的碩士班而閉門苦讀。因此，他被殺害的地點，便是自己家中的臥室。那天晚上因為家人全出去旅行了，所以只有他一個人在家。

床的中央有一個大洞，好像有大量的鮮血從那個洞裡噴出來一樣，把整個房間都染紅了。死者的身體被嚴重切割，幾乎已經失去原有的形狀……

「檢查床的床單時，發現了有特徵性的痕跡。凶手好像除了大拇指外，其餘的四個手指頭上都裝上刀片，然後以那樣的手指割裂床單……」

聽到我的報告後，石倉醫生和上一次一樣，開口便問：

「有簽名嗎？」

「有。在床旁邊的枕頭上有用血寫下的字。」

「是F嗎？」

「正是F。是佛瑞迪・克魯格（Freddy Krueger）的F。」

這次命案倣效的畫面來自《半夜鬼上床（A Nightmare on Elm Street）》（韋斯・卡拉文Wes Craven導演／一九八四年）。強尼・戴普扮演的年輕人葛雷，在睡夢中慘死於自己房間內的床上。

「看來，這個連續殺人的命案，好像還會繼續下去呀！」

「確實──那麼，下一次會倣效哪一部恐怖電影的畫面呢？

光是想像一下，我們就忍不住發抖。

4

然後是一個星期前的八月初，發生了第四起命案。

這次的受害者，竟然是石倉醫生認識的人。死者是石倉醫生服務的深泥丘醫院裡的同事，麻醉科茶山醫生的妻子。茶山太太在丈夫不在家時，在自己的家裡面被殺死。

這次凶手行凶的時間判定應該是白天。茶山醫生晚上從醫院下班回家，目睹了比之前那些命案更加悽慘、殘虐的殺人現場。

首先，凶手破門侵入茶山家，然後用門的木頭碎片刺穿茶山太太的右眼球，並且從左腳膝蓋處，扯斷茶山太太的左腳，還剖開茶山太太的腹部，拉出內臟……

對於茶山太太遭受殘酷殺害之事，石倉醫生肯定受到了極大的驚嚇。石倉醫生雖然因震撼過於強大而臉色蒼白，他仍然鎮定地說道：

「恐怖片裡常常可以看到眼球被刺穿的畫面呀！」

他喃喃說著，然後陷入深思般想了一會兒，鼻子輕輕「哼」了一聲後說：

「門板的木頭碎片是重點吧！再加上被扯斷的腳和拉出來的腸子……這些……好像是、殭屍的食物。」

我們都同意的「那個」，就是《Zombi 2》（盧西歐・福西 Lucio Fulci 導演／一九七九年）。電影進行到一半後，梅南多太太在自己的家中，成為殭屍們食物的那個電影……

順便要說的是，第四樁命案的「簽名」，是用死者的腸子「寫」出來。不用特別說明大家應該也知道吧！那是Z，Zombi（殭屍）的Z。

5

情況發展至此，任誰也不得不承認這絕對是一樁連續的殺人命案，是「恐怖電影連續殺人事件」吧！

接下來是哪一部恐怖電影的哪一個場景，會被拿來當作殺人的範本呢？

我們每天都戰戰兢兢的，整個市區也籠罩在提心吊膽的氣氛下。

以市府警察總部的高手們為中心，警方每個人都很拚命地追查命案的相關內容，但是，不管怎麼樣調查，就是掌握不到凶手的線索，完全不知道到底是誰犯下這麼凶惡的命案。就在這樣的情形下——

因為種種巧合與機緣累積的結果，我們在毫無預期下，來到第五個命案的現場。

6

「醫生對這次的情況有什麼看法？」

「從命案的地點位於湖邊的小屋這一項看來，可以說是像《十三號星期五（Friday the 13th）》吧！但是……」

「到底是哪一部電影裡的一個畫面呢？《十三號星期五》的電影太多了。」

在等待警署的支援到來前，我們很認真地討論著。

「至少可以確定應該是『PART 3』以後的作品。不過……」

「不愧是恐怖片迷！這次命案的線索有《十三號星期五》，還有曲棍球員面罩。這兩個線索是這一系列影片的象徵性標記了……」

這一系列的第一部是《十三號星期五》（史恩・康寧漢 Sean S. Cunningham 導演／一九八〇年），第二部是《十三號星期五 PART 2》（史帝夫・麥爾 Steve Miner 導演／一九八一年），這兩部中還沒有出現曲棍球員面罩的情節。如醫生所說的，曲棍球員面罩是第三部《十三號星期五 PART 3》（史帝夫・麥爾 Steve Miner 導演／一九八一年）後，才出現的。

「話說回來，這次的簽名在哪裡呢？還沒有看到類似凶手的簽名。」

「啊，的確。」

我在回答醫生時候，突然感到一陣寒意。

慢著！等一下——啊，怪了。

這次的這個現場的情況是……

「怎麼了？」

醫生不解地問。

「那個……」

我不安地尋找要如何回答。

第一樁命案倣效的是《天魔》，留在現場的字母是達米盎（Damiaan）的 D。

第二樁命案倣效的是《坐立不安》，留在現場的字母是艾蓮娜・馬科斯（Elena Marcos）的 E。

第三樁命案倣效的是《半夜鬼上床》，留在現場的字母是佛瑞迪・克魯格（Freddy

Krueger）的F。

第四樁命案倣效的是《Zombi 2》，留在現場的字母是殭屍（Zombi）的Z。

而我們剛才一踏進小屋，就看到了骯髒的曲棍球員面罩，所以馬上連想《十三號星期五》（的PART 3以後）。但是……

還是太奇怪了。

這樣就不合道理了。

之前的四樁命案，每一樁的現場都倣效自電影中的殺人畫面。也就是說，倣效出來的焦點都在「被殺害的那一方」。然而——

這次的這個是怎麼一回事？

說到曲棍球員面罩，當然會想到《十三號星期五》，這一點應該是沒有錯的。但是——

慢著、慢著，《十三號星期五》中的曲棍球員面罩，並不是戴在「被害者」臉上的，而是「殺人者」的象徵，不是嗎？——沒錯，當然是這樣的。

他是「殺人者」……而且，**他**是不管受到什麼樣的反擊，都會馬上再站起來，即使是頭被打爛了，看起來像死了一樣，也會復活過來。**他**，是殺不死的殺人鬼！

我嚇呆了，害怕得張大眼睛張望四周。

倒在地上的那個男人，看起來正要慢慢起身。他會調整好自己臉上的面罩，伸手去拿拋出去的斧頭，然後……

我們當然找不到凶手的簽名。

因為第五樁命案現在才要開始。

兇手在殺人之後，才會留下簽名。

J。傑森．沃西斯（Jason Voorhees）的J。

那個J字，恐怕是用已經害怕得失去逃走的力氣的我和石倉醫生的血，寫下來的。

深泥丘三地藏

1

八月。

這個城市代表性的夏季節慶活動「五山送火」已經結束，又過了一個星期左右——那一天天氣涼爽到讓人覺得秋天已經來到，感覺秋高氣爽的日子。已經有一陣子沒有出門散步的我，這一天中午過後便出門去散步。

從事寫小說這個行業，經常讓人整日閉坐在家而缺乏運動。因為我已經不年輕了，再加上醫生的勸告，幾年前起便決定至少要堅持散步（不敢說是走路運動）這件事——但是，夏天太熱，冬天又太冷，讓人懶得出門，最後便是窩在家中。

今年夏天我尤其提不起精神散步，一點也不想出門，再加上被截稿日追得幾乎喘不過氣，幾乎是過著足不出戶的生活。所以說，這一天的散步，真的可以說是「久違了」。

離開家門後，我背對著紅叡山，沿著長長的坡道往下走，才沒走多久，就看見一小群人聚集在途中的三岔路口附近。

從他們的穿著打扮看起來，他們不像觀光客，其中有幾個好像是住在附近的婦女。還有，一群人中也有幾個小孩子。

三岔路口前面的路旁有一塊小空地——正確地說，也不能說是空地，那好像是附近鄰家的停車場。不過，現在那裡架起了集會用的臨時帳篷。那帳篷好像就是人群聚集的中心。

我在通過那裡時，順便看了那裡一眼，發現裡面並不是只有女性，也有幾位像是「本地大叔」一般的男性，及幾個小孩子。那些孩子看起來像是小學生，或是還沒有讀小學的幼兒，他們的手上有拿糖果的，也有拿溜溜球或是水球的……在即將邁入五十大關的我的眼中，眼前的情景頗讓我心生懷念。

這是什麼集會呢？

我歪著頭這麼想。

是本地的兒童團體在辦夏日的活動嗎？

前面的三岔路口有一座小小的地藏廟，是非常普通的小廟，平常經過時完全不會注意到。但是，這時那座小廟卻很自然地吸引了我的目光。

和平日不同的，今天的地藏菩薩前面有點燃蠟燭的燭台，有鮮花的裝飾，還擺放著許多供品……

是什麼呢？

這是在做什麼呀？

我再次歪著腦袋，不解地思索著，好不容易才想起來。

是嗎？——這是地藏盆會嗎？

2

說起來好像確實有那樣的事——我從腦海中朦朦朧朧的記憶裡面，尋找出可以與眼前的情景對照的印象。大概是盂蘭盆會後的一個星期——八月二十二日到二十四日左右，每個有地藏廟的鎮議會，都會舉辦地藏盆會的活動……

如果這個時候我懷抱著「是什麼事呢」的疑問，就直接回家，並且對妻子說出我的疑問，一定會招來妻子以驚訝的口吻對我說：「你怎麼了？」吧！

「那是地藏盆會呀！你是這個城鎮出生，住在這裡的時間遠比我久，不應該不知道地藏盆會吧？」

當妻子這麼對我說的時候，我大概會回說：

「噢……好像是的。」

雖然那不能算是明確的答案，卻還算得是適當的應對吧！

反正最近常發生這樣的情況。說起來妻子是南九州的貓目島人，我則是出生於這個城鎮的人，而且學生時代和成為作家以後，基本上也一直住在這個城鎮裡。相對於我，妻子是後來才來這裡住的，所以我住在這裡的時間，確實比妻子久很多，理論上我應該比她更熟悉這個城鎮的種種。然而……

最近的情形卻常常不是那樣。

城鎮裡一些我不清楚的事，妻子竟然非常清楚！不過，這不是她的問題，我覺得問題出在我身上。因為原本應該在我記憶裡，為我熟知的許許多多事情，最近不知為何變得模糊不清，讓我不得不自我檢討為什麼會如此的事情，最近已經發生很多次了……

我是不是得了早發性的失智症呢？因此覺得不安，我還數次前往醫院做腦部檢查，但是檢查的結果總是說我的腦部並沒有任何異常。這樣的結果雖然是值得高興的，可是——

還好這一天我順利地想起和「地藏盆會」有關的事情。

其實，回想起來，這些年的八月下旬時，我大多閉門在家，根本沒有機會像今天這樣外出散步——我覺得是這樣的。因此理所當然的，我也很久沒有機會看到附近舉辦「地藏盆會」的情況了……

我一邊努力地在腦子裡尋找幾十年前自己還是小孩子時，享受「地藏盆會」活動的快樂記憶，一邊站在三岔路口，眺望地藏菩薩一陣子。

3

我似乎曾經聽說過，這個城鎮是地藏盆會的發祥地。

據說，從前佛教的地藏菩薩信仰與各地方的守路神信仰結合後，鎮內的十字路口便出現了祀奉地藏菩薩的地藏廟；而從某個時期開始，因為人們相信地藏菩薩是孩子們的守護神，於是各城鎮舉辦的地藏菩薩祭祀活動，便自然而然地演變成「守護孩子的節慶活動」。

包括鄰近的大阪或滋賀等城市，地藏盆會都是地方上大家熟知的年節活動。不過，好像並不是全日本每個地方都有地藏盆會。例如：如果對東京人提起地藏盆會，往往會被反問：

「那是什麼？」

我緩緩信步而行，關於地藏盆會的知識，也慢慢地從我的記憶裡浮上來。

這一天真的很涼爽，一點也不像是八月天。不過，從萬里無雲的晴空灑下來的陽光，卻還是夏日的驕陽。因為出門時忘了戴帽子了，為了躲開日曬，我盡量選擇可以遮陽的路走。於是——

雖然沒有特意要走哪一條路，就在漫無目的地走著走著時，竟然發現自己來到一棟熟悉的建築物附近。

是深泥丘醫院。

這幾年來，我的身體健康完全依賴這家醫院，只要自覺得健康狀態有問題，就會來這裡接受檢查，因此認識了不少醫院裡的醫生、護士。

在爬上深泥丘的緩坡途中，就可以看到深泥丘醫院那棟鋼筋水泥建的四層樓建築了。但是——

我突然看到了像剛才三岔路口那樣的人群。

醫院的斜對面有一座兒童公園。

公園裡架設著幾座帳篷——和剛才在三岔路口看到的臨時帳篷一樣。很多孩子聚集在帳篷附近，帳篷的周圍還掛著很多寫著「卍」字的紅底白字燈籠。同樣是地藏盆會的活動，這邊的規模顯然大很多，也熱鬧很多。

去看看吧！我這麼想著，便朝公園走去，並且就在一腳踏入公園的那一刻，聽到了孩子們「嘩！」的歡呼聲和鼓掌聲。現在正在進行什麼非常受到孩子們歡迎的活動嗎？

我往發出歡呼聲的帳篷走去。

帳篷的下面排著幾條長凳子，孩子們坐在凳子上，聚精會神地注視著前方。我順著孩子們的視線看去，在那裡的是——

一位戴著俗氣的方框眼鏡的年輕人站在那裡。

那個人我見過。他骨瘦如柴，臉色不佳……沒錯，他就是Q大學奇術研究會的乙骨同學。

不管他的外貌如何，我知道他的魔術技巧還算有一手。他表演的不是擅長的另類桌緣魔術，而是受小朋友們喜愛的舞台魔術……我看的時候，他正使用紅色的布與壘球般大的地藏菩薩頭（當然是魔術道具），表演殭屍球的魔術。

不可思議的地藏菩薩頭像活的一樣，自由自在地在半空中移動，最後的高潮是表演者大力抖動紅色的布，球便在瞬間消失了。小朋友們在球消失的瞬間，爆發出「嘩」的歡呼聲。

我一邊和小朋友們一起鼓掌叫好，一邊想起自己小時候在地藏盆會時，觀看地藏盆會餘興節目的魔術表演。

「你好。」

有人在我的背後打招呼。回頭看，是在深泥丘醫院認識的年輕女護士咲谷小姐。

「啊，妳好。」

「來看地藏盆會嗎？」

「正好路過，所以——看到乙骨君在這裡表演，還嚇了一跳。」

「『魔術團』的團員每年都會來表演做公益演出。」

「噢，這樣呀！」

「魔術團」的正式名稱是「深泥丘魔術團」，成員都是本地喜歡魔術的人，簡言之就是地方上的奇術同好會，咲谷小姐也是其中的成員之一。那是前年秋天的事吧！我被邀請去觀賞「魔術團」舉辦的「奇術之夜」，那時也看過乙骨同學的表演。

「這裡的地藏盆會好熱鬧。」

「是很熱鬧，但是，孩子們的人數好像愈來愈少了。」

「啊，那邊正在抽獎。」

「小朋友們好像最喜歡那個。」

「以前也是這樣呀！——今天是星期六，醫院那邊的情形怎麼樣？」

「下午的看診工作馬上要開始了，我還在工作中。」

咲谷小姐笑著說，難怪她身上穿著白色的護士服。

「這裡的地藏菩薩在公園裡嗎？」我問。「我也算常常來這裡，卻從來沒有看到過。」

「地藏菩薩在那邊呀！你看！」

護士伸手指著旁邊帳篷的方向。那裡是公園東南角落，也搭著一座帳篷，地藏菩薩廟就那帳篷的下面。

「這邊的地藏菩薩是『深泥丘三地藏』，在這裡的地藏菩薩是三地藏中的二目地藏菩薩。」

「深泥丘三地藏？我第一次聽說。」

還有第一和第三嗎？那麼，祂們在這附近的哪裡呢？

我朝著「二目地藏菩薩」所在的帳篷走去。既然來到這裡了，當然要就近去看看。

那是一座相當漂亮的石造小廟。

廟前的供桌上擺滿了燭台、鮮花和供品，地藏菩薩立在左右對開的格子門內。地藏菩薩穿著紅色的圍兜，雙眼柔和地閉著，和三岔路口看到的地藏菩薩一樣，是常見的……不對。

不是的。

不是那樣的。

絕對不是常見的地藏菩薩！這尊地藏菩薩有著非常異樣的特徵。

乍一看，我嚇了一大跳，還當場呆住了。

這是一尊紅色的地藏菩薩。

紅色的原因並不是材料的本身帶著紅色，也不是某一部分使用了紅色做為裝飾，而是從頭頂開始，到臉、肩膀、手、掛著圍兜的脖子、前胸……全身都是紅色的。那是讓人看了會覺得害怕的紅色，那麼刺眼，像被染上大量的鮮血般。

這是怎麼了？

我不明白為什麼會這樣，甚至覺得好像看到了什麼可怕的災難，忍不住手撫著額頭，倒退了一大步。嗚……強烈的暈眩感也在這個時候突然襲來。

這是怎麼了？

這是……怎麼了？

我一下子失去平衡，就在覺得要跌倒之前，聽到「啊！」的叫聲。那是咲谷護士的聲音：

「怎麼了？你不要緊吧？」

4

「覺得如何？哪裡不舒服嗎？」

「沒事。已經沒事了……」

「沒有發燒，血壓和其他身體狀況也都正常。本來還擔心你是不是中暑了，但看起來不像是那樣的問題。」

「嗯，是頭暈，常常感到暈眩的——不好意思，突然這樣……」

「沒什麼，沒什麼。幸好咲谷小姐在你旁邊。」

「是呀——太丟臉。」

將近一個小時前，我在公園的地藏菩薩前感到強烈的暈眩。

雖然一時站不住，但並沒有失去意識，只是無法獨自行走，於是在咲谷護士的攙扶下，被帶到醫院。在沒有人的治療室床上休息了一會兒後，暈眩感漸漸散去，終於恢復到平常的狀態時，左眼戴著茶綠色眼罩的醫生來了。他是我這幾年來的主治醫生，腦神經科的專家石倉（一）醫生。

「對了，醫生，那個地藏菩薩是——」

我從床上起身，看著醫生的臉問。醫生的中指撫著眼罩的邊緣說：

「你說的是公園裡的二目地藏菩薩嗎？」

「是的。為什麼那尊地藏菩薩……」

「為什麼那尊地藏菩薩被染成紅色的？你要問這個問題嗎？」

「嗯。老實說，剛才我就是看到那尊地藏菩薩，嚇了一跳，然後就感到強烈的暈眩。」

醫生點頭，表示「原來如此」，並仔細看著我的臉說：

「你太累了。」

「——是。我剛剛趕完稿，這一陣子都待在家裡。」

「你承受了相當大的壓力。今天暈眩的原因，一定也和平常一樣的吧！」

接著，針對我的疑問，醫生很乾脆地做了以下的回答：

「人們會用染了紅色的砂糖水澆地藏菩薩，這是這一帶地藏盆會的習俗，由來已久了。所以公園裡的地藏菩薩才會變成那個顏色。」

「紅色的砂糖水？」

我深感不解地低聲說著。

「很奇怪的習俗呀！」

「澆地藏菩薩的水，通常用的都是一般的水。不知道這裡習俗的人，看到紅色的地藏菩薩時，難免會被嚇一跳。」

醫生走到我床邊的椅子旁，坐了下來，又把中指放在眼罩的邊緣。

「地藏菩薩剛開始成為地藏信仰的根本，是因為地藏菩薩會優先救助弱者，被視為是深懷慈悲的佛菩薩，也被當成是保護弱小孩童的守護神。不過，後來又多了一些耳語、說法，說供奉地藏菩薩之地的地面下，是餓鬼界的入口……」

餓鬼界就是餓鬼道，在佛教的說法裡，那裡是迷界的「六道」之一。生前做惡的人，死後受到報應，就會淪為「餓鬼」。

「把水澆在地藏菩薩上的用意，是要以慈悲的心，施捨水給淪落到餓鬼界受飢、受苦的餓鬼。這個地方為什麼要用紅色的砂糖水澆，或許有什麼特別的意思吧？可能開始的時候用的並不是砂糖水，而是人的血……」

「但是……」

醫生故意露出獰笑地對我說，但我的心情並沒有因為醫生的玩笑而輕鬆起來。

我接著說：

「聽說深泥丘有三地藏。另外的兩尊地藏呢？」

「你聽咲谷小姐說的嗎？」

「嗯。她說公園那邊的是第二地藏菩薩。另外的兩尊地藏菩薩在哪裡呢？」

「三目地藏菩薩在離這裡不遠的坡道上。你想馬上去看看吧？」

醫生如此回答。這時，我覺得醫生的用語有些奇怪，卻說不出奇怪在哪裡。或許只是我太敏感了。

「第一地藏菩薩呢？在哪裡呢？」

我一再問，醫生於是突然換上嚴肅的神情，回答我：

「其實，一目地藏菩薩失蹤了。」

「啊？」

「據說以前這裡確實有**那個**，但是，不知道從什麼時候開始就失蹤了。」

「地藏菩薩失蹤？怎麼會有這種事？」

「事實就是如此。沒辦法呀！」

「可是……」

「我也只是聽說，並沒有實際看到過那尊地藏菩薩。或許是出了什麼狀況，被移走了吧！」

「這麼說來，第一地藏菩薩現在並不存在了？」

「嗯。」

醫生先是這麼回答了，但是很快又說：「啊，不是。」並且接著說：

「好像也不能那樣斷定。」

「怎麼說呢？」

「因為最近有個男人說他『看到了』。」

「這件事是我從Q大學的真佐木老師那裡聽來的——你有興趣知道嗎？」

醫生這麼問我。我毫不猶豫地馬上回答：

「哦……」

「有。」

真佐木老師是Q大學附屬醫院的精神科教授，和石倉醫生的交情好像很不錯。而我也因為石倉醫生的關係，幾年前就認識了真佐木老師。

「不過，這件事情請不要隨便說出去。拜託了。」

醫生先這麼叮囑後，開始說：

「就姑且用S，來代替那個男人名字吧！大約是離現在半年前的某一個晚上，那位S氏在這附近看到了深泥丘三地藏中的一目地藏菩薩。一目地藏菩薩和其他兩尊地藏菩薩一樣，眼睛是閉著的。但是S氏說他看到一目地藏菩薩時，地藏菩薩的眼睛是張開的。」

「地藏菩薩的眼睛？」

聽到這裡，我覺得一定要確認一下：

「那位S氏是真佐木老師的患者嗎？」

「你果然注意到了。」

醫生馬上承認。

「自從半年前他看到地藏菩薩的眼睛張開後，就變得不對勁了。他現在應該還在Q大學附屬醫院的精神科中住院接受治療。」

「啊……」

是精神失常的男人的胡言亂語嗎？

那位S氏的情況，可以粗略地從兩個方向來做解釋。一個是：S氏瘋了，所以看到地藏菩薩張開眼睛。另一個解釋是：S氏因為看到地藏菩薩張開眼睛，所以瘋了。

如果用一般的想法來思考，答案應該是前者吧！——總之，這是令人有點毛骨悚然的奇聞。

「還有一件關於S氏的奇怪事情。」

石倉醫生接著又問：「你有興趣知道嗎？」

這一次我還沒有做任何回答的時候，醫生便擅自點頭，說了一聲「我知道」後，就自動說起那件「奇怪的事」。

「S氏住院以後，好像常常在病房裡持續地畫地圖。最初只是用一般的圖畫紙畫，後來圖畫紙不夠畫了，就用大張的模造紙畫。」

「地圖？……哪裡的地圖？」

「根據真佐木老師的說法，他畫的地圖看起來好像是這個城鎮的地圖，但又不是這個城鎮的地圖。因為地形不一樣，馬路不一樣，寫出來的地名也似是而非……」

「他畫的是虛擬的地圖嗎？」

「可以那麼說。」

我覺得這也是讓人毛骨悚然的奇聞。但是，我在這麼想的同時，覺得心裡面有一種奇怪

鎮風景呢？

像這個城鎮，又不是這個城鎮。那——在S氏狂亂的心裡不斷擴大著的，到底是什麼城

的忐忑不安感。

5

離開醫院時，是黃昏的時刻。

我想你的身體雖然沒有什麼問題，但是還是不能太大意——儘管醫生對我這麼說，離開醫院後我還是沒有直接回家，而是繞道去了別的地方。我想去剛才醫生說的「三目地藏菩薩」所在地，去看看那尊地藏菩薩。

從醫院前面的坡道往上走了約十五分鐘左右的第四個十字路口。如醫生所說，很快就找到了。這麼容易就找到還有一個原因，因為那裡也舉辦了地藏盆會的活動，並且也搭了帳篷，裝飾著許多燈籠。燈籠裡的燈都還亮著，但畢竟太陽已經快下山了，所以附近已經沒有小孩子在玩了。

第三地藏菩薩和公園裡的第二地藏菩薩一樣，被供奉在石造的小廟內。我帶著一點點戰戰兢兢的心情，走到地藏菩薩的前面。

深泥丘三地藏的第三地藏菩薩。

這尊地藏菩薩的大小和公園內的第二地藏菩薩有些許的不同，是特別設計過的地藏菩

薩。不過，這個地藏菩薩也和公園內的第二地藏菩薩一樣，被砂糖水染得全身通紅——但是，這尊地藏菩薩身上的顏色，好像被西斜的夕陽紅色吞噬了般，看起來並不是那麼讓人不舒服。

我的身體迎著比白天時還涼爽的黃昏之風，暫時一動也不動地與地藏菩薩對峙著。隔了一會兒——

我突然驚覺自己正謹慎地伸出了右手，朝向地藏菩薩的額頭。石倉醫生說了，「紅色砂糖水」像塗料一樣，一層層地附著在地藏菩薩身上。我試著用手指來回摩擦，一點點地擦去……結果——

剛才完全沒有看到的東西，現在看到了。我看到的，是與溫柔地閉著眼睛同樣形狀的東西，**我認為那顯然也是眼睛**，而且位於額頭的正中央。

在醫院時，聽到醫生一再說「三目地藏菩薩」時，當時只覺得醫生的用法有些奇怪，還以為是自己太敏感，而且，暗自認為自己覺得醫生「奇怪」，是不是太自以為是了。現在想來，那樣說的醫生本人，絕對不會覺得自己的說法「奇怪」，因為他原本就是要那樣說的。

醫生說的「三目」，是我自己自以為是的把它想成是「第三」[6]，他說的並不是「第三」。也就是說，他原本**就是要那樣說**。

6日文中漢字「目」用在數字後面時，有「第……」的意思。

眼前的地藏菩薩，正可以證明我上面的想法。
「三目」不是「第三」的意思，「三目」是「三隻眼睛」的意思，所以三目地藏菩薩，是說有三隻眼睛的地藏菩薩。所以，在公園看到的「二目」，也不是「第二」的意思，而是「兩隻眼睛」的意思。以此類推——
現在不知去向的「一目」，當然不是「第一」地藏菩薩，而是「獨眼」的地藏菩薩。
深泥丘的「獨眼地藏菩薩」[7]。
想起在某個地方看到「獨眼」的地藏菩薩張開眼睛的S氏的奇聞，我不禁全身起雞皮疙瘩，油然生出忐忑不安之心。

6

幾個小時後——
我變成有著黑色翅膀的大鳥，在夜空裡飛行。民宅的燈，大樓的霓虹燈，路邊的街燈等等燈光都已熄滅，我獨自靜悄悄地在城鎮的上空盤旋。
大鳥有時突然快速往上飛竄，仰望雲間的弦月；有時突然急速下降，掠過黑鷺川的河面……然後，大鳥的眼睛捕捉了盤踞在紅叡山南方的矮山丘——那是深泥丘。
嘰咿！
尖銳的叫聲撼動了黑夜的空氣。

嘰咿咿！

大鳥快速迴旋，以那座矮山丘外的建築物為目標，降落在建築物的屋頂上。

鋼筋水泥建的四層樓舊建築物，正是深泥丘醫院……眼熟的屋頂，建築在冷清水泥地中央的奇怪建築物。怎麼看都像是神社的社殿，純日本式的閣樓，左右開啟的入口門現在是開著的……

嘰咿、嘰咿咿！

大鳥毫不畏懼地衝入開啟著的門，我也在那一瞬間離開大鳥，化身為「眼」。建築的內部雖然黑暗，「眼」的視力卻完全不受影響。不多久，「眼」在那個房間的最深處，發現了**那個**。

鋪著紅色織物的奇妙祭壇上，矗立著孤零零的地藏菩薩——額頭下面只刻著一道線，是「閉著眼睛」的「獨眼地藏菩薩」。

啊！竟然在這樣的地方！……雖然覺得感慨，卻不如想像中的強烈。或許那位S氏，是悄悄潛到這裡來，看到了**這個**……不管我願意不願意，這樣的念頭閃進我的腦海裡。

獨眼地藏菩薩的那隻眼睛，徐徐地張開了。

在臉的正中央，突然裂開的異樣大眼睛。那是沒有眼白，也沒有瞳孔，像沒有盡頭的灰色黑暗……就在我這麼想的時候，有東西從那個灰色黑暗深處流出來了——是水。

7 為了避免混淆，將以下的「目」字改為「眼」字。

水是透明的，卻因為黑暗的關係而看起來是黑色的。那水，剛開始的時候是涓涓地流，接著是淙淙地流，然後是滑滑地流，最後是湍湍地，以驚人的方式奔流而出……已經停不下來、停不下來了。

我再度與大鳥化為一體，飛出被水彌漫的閣樓，在暗夜裡展翅高飛。大鳥一邊在半空中來回盤旋，一邊窺視著地面上的情形。從地藏菩薩眼裡溢出來的無盡藏水，以可怕的洶湧之勢，灌注到建築物的周圍。

水很快就吞沒了建築物，連周圍的房子、道路、公園、森林等等，也都被吞沒了，可是水還是源源不斷地溢出來，淹到整座山丘了。就這樣，那一帶的等高線終於像在瞬間反轉了般，本來是山丘的地方，成了同樣大小的湖泊。

嘰咿、嘰咿咿咿咿咿！

大鳥在發出長長的尖銳鳴叫聲時，往黑黝黝並起浪的水面急速下降，以倒栽之姿，鳥嘴最先衝入水中。下一瞬間，大鳥變成巨大的怪魚，潛入又冷又暗的水中，尋找湖泊的底部……

但是……

不管怎麼往下潛，就是到不了湖底。怪魚終於要放棄，轉而要往上浮起時的前一刻——

我感覺到了——我是這樣覺得的。

我感覺到那混沌不明的奇幻之城，好像就在遙遠彼方的水底裡。那微弱的、奇怪的熱鬧喧囂之聲。

ソウ（SOU）

1

這果然也是種種巧合與機緣累積的結果吧！那個晚上的那個時候，偏偏我們就正好在深泥丘醫院的屋頂。我所說的我們，指的便是在黑鷺署刑事課工作的我，和平常在這所醫院工作，兼任黑鷺署特約醫檢的石倉醫生。

「起霧了呀！」

石倉醫生一邊說，一邊以手指撫著遮住左眼的茶綠色眼罩。

「上一個週末的那一天也是這樣，天亮以前的霧好大。」

上一個週末的那一天——說的就是發生**那椿案件**的星期六吧？那天從早上起，就下著傾盆大雨，但是……有起霧嗎？我的記憶裡沒有印象。不過，現在對方說的話，是沒有用的。

「前天下午也是，那可是大濃霧呀！」

「呃。」

我隨聲附和。前天——這個星期的星期三，也就是第二樁案件發生的日子。我記得那天只有從黃昏起開始下的傾盆大雨，並沒有什麼大濃霧。

上一個星期的星期六和這個星期的星期三，深泥丘這一帶都下了傾盆大雨——沒錯，就是這樣。因為大雨的關係，本來會在命案的現場發現的腳印什麼的種種線索，都被大雨給洗刷掉了。

「你看。」

石倉醫生徐徐地靠近屋頂的圍牆，伸出右手指著前方。

「看到那邊了吧？那棟大樓就是上星期的命案現場。」

深泥丘醫院是一棟四層樓的建築，並且建築在坡道上面的深泥丘上，所以從屋頂眺望的視線非常好。不過因為今天晚上起霧了，所以現在屋頂上的視線並不是很好。但是，醫生的手指所指的「那棟大樓」的影子，我仍然捕捉到了。站在醫院的屋頂上看「那棟大樓」，覺得距離好像不是太遠。

「那棟大樓」是五層樓的出租公寓。從外觀看，像是已經有數十年歷史的老建築物，顯見大樓的主人對大樓的經營並不是很用心。以出租公寓大樓而言，它的地理條件明明不差，卻好像還有很多空屋沒有租出去。說實在的，那房子以前就有「幽靈公寓」之稱……所以住的人不多，也不足為奇了。

住在那棟大樓四樓某一室的女人死了。死亡時間判定是上個星期六，在天亮以前的凌晨四點左右。

「我想聽聽刑警對那個命案有何看法。」

醫生轉頭對我說。

「我說的刑警就是你。我覺得你的想像或許和我一樣。」

「唔。你的意思是——」

我已稍稍猜出醫生的用意了，卻仍然裝蒜不說。於是醫生便說：

「你對同事或上司提出自己的猜測時，卻沒有人要理睬你的『那個猜測』。」

醫生好像完全看穿我的內心般，眼角露出笑意。

「我沒有機會去現場看，不過，後來看到照片了。現場發現的那個……」

「那個……血書嗎？」

「そうです。」[8]

「是『そう（SOU）』嗎？」

「是『そう』。」

上一個週末，我在現場看到了**那個**。

大樓的一樓出租給骨董店，骨董店在人行道上搭了棚子。剛才提到的血書，就是在棚子下發現的。因為棚子遮擋了雨水，血書才得以保留，沒有被雨水沖洗掉。

2

該女子（三十五歲，未婚的職業婦女）被認為於當天黎明前，從四樓的住處跳下。警方搜索她的房間時，發現她寫的遺書，內容一再表示厭倦人際關係，與受不了債務累積的壓力，覺得活得很辛苦而厭世。遺書的最後還記下了日期。

經過鑑定，該女子應是寫完遺書後，便從陽台一躍而下，摔落到下面的店舖和街道上。

但是——

從遺書看來，這應該是一起單純的自殺事件，但屍體被發現時所呈現的情形，卻讓人覺得古怪。

「雖然地面的狀況會影響掉下來的結果，從那樣的高度跳下來，摔死了並不奇怪，尤其如果是頭著陸的話，絕對是必死無疑。但是那位女子的頭部幾乎沒有損傷，而是兩腳有複雜性的骨折。由此可見她不是倒栽蔥掉下去，是腳先碰到地面。」

接受委託，負責檢查屍體的石倉醫生，非常清楚地表達了他自己的看法。

「她跳樓之後，並沒有立即死亡。我認為她當時還有能力自行移動自己的身體，讓自己離開跳下來的地方；並且意識也很清楚。」

從四樓的陽台往下跳時，落點一般會在偏離建築物幾公尺的地方。但她的屍體被發現的地方卻緊鄰建築物……所以，她是自己把手伸到可以遮住雨的棚子下面，並且用血寫下那樣的文字後，才失去意識，斷氣的——可以這麼想。

「頭部確實有受到一些擦撞，也有一點點流血的狀況。還有，她的雙腳雖然嚴重骨折，但應該不會直接影響到性命。所以，到底是什麼原因讓她死亡的呢？」

醫生提出這樣的質疑。

「內臟受損。她的肋骨全斷了，內臟破裂的情況相當嚴重……」

她跳下來時，不僅兩腳承受了很大的撞擊力量，胸部和腹部應該也受到不小的衝擊吧！

8そうです（音：SOUDESU）。在此有兩層意思，一為附和、認同「是的」之意；一為「是そう」的意思。

負責搜查的刑警們，一致認為她的死因是內臟破裂。但是——

「很抱歉，我就是無法接受這種說法。我覺得**那也太奇怪**了。」

因為從高處墜落，內臟受到強大的撞擊而死。醫生認為這樣的判斷很奇怪。

「那個……」

醫生注視著我，換了個口氣說：

「我現在暫且不做專業性的詳細解說。總之，我有不得不這麼想的理由。從高處往下跳企圖自殺，卻沒有自殺成功的她，在大雨中靠著自己的力量爬回建築物的旁邊後，卻遭受第三者的某種攻擊而死。這才是她的死因，不是嗎？」

「攻擊？你的意思是……她的胸部和腹部受到攻擊？被車子輾過嗎？」

「嗯，或許是那樣的吧？」

「但是，屍體身上沒有輪胎的痕跡呀！」

「沒有輪胎的痕跡嗎？」

醫生緩緩搖搖頭說：

「想想看……或許是使用了某種特殊的器具壓破死者的身體，以此殺死死者的。」

「你的意思是這個命案有凶手？」

「對，有凶手。」

「那麼，你認為這是殺人案？」

「你不認為嗎？」

我眺望著被夜霧包圍的那棟公寓大樓，沒有馬上回答醫生的問題。

「還有，那個血書也有問題。」

醫生繼續說。

「遭受凶手攻擊後，瀕臨死亡狀態的受害者，用自己的血在柵子下的路面，寫下『ソウ』[9]。」

「那可以說是『死前留言』吧？」

醫生點點頭，然後以強調的語氣，叫了我一聲「刑警先生」才說：

「你覺得如何？你不也是這麼想的嗎？」

「啊，唔……嗯。」

「瀕死的受害者用血寫下的字——『ソウ』，這到底是什麼意思呢？」

我直視接二連三提出問題的醫生的臉。如他一開始所說的，我和他對這件事情的猜測，似乎是一樣的。

3

「如果說是死前的留言，那表示原本想要自殺的死者，突然在死前想要傳達什麼事情

9 「ソウ」為日文的片假名，平假名則寫成「そう」，發音同為「SOU」。

吧？是想暗示凶手的名字，或者是和凶手有關的……」

聽到我這麼說，醫生皺皺鼻子說：

「那，這裡的『ソウ』，暗示的是什麼呢？」

被醫生這麼問，我姑且先列舉了非常一般的、常識性的解釋。

「首先，這個『ソウ』，可能是凶手的名字。例如名字裡有想像的『想』這個字的男人，『想』的音就是『ソウ』。當然也可以是姓。另外，宗教的『宗』，也讀成『ソウ』。」

「以前有一對姓『宗』的馬拉松選手兄弟。」

「第二個解釋是：『ソウ』是未完成的一句話的起頭字。死者原本想留下更長的信息，但是還沒有寫完就氣絕了——如果是這樣的話，那麼凶手的名字或許是什麼『宗一（ソウイチ；SOUICHI）』、『宗司（ソウジ；SOUJI）』、『宗助（ソウスケ；SOUSUKE）』……等等。如果是姓氏的話，那麼可能是『相井（ソウイ；SOUI）』、『宗谷（ソウヤ；SOUYA）』……等等。」

「照你這樣說，線索就太多了。」

「在我所知道的範圍裡，死亡的女子朋友親人中，好像沒有那樣的名字或姓氏的人。」

「如果無關姓氏或名字，那麼會不會是在暗示什麼屬性？例如說職業？」

「若暗示的是職業，那麼，會是『僧侶（ソウリョ；SOURYO）』的『僧（ソウ）』嗎？」

「的確。如果暗示的是職業，那大概只有這個吧？」

「不是只有這個喔。例如『殯葬業者』[10]、『熟食店』[11]、『職業小股東』[12]等職業也是……」

「還有『總理大臣（ソウリダイジン；SOURIDAIJIN）』嗎？」

醫生一下子笑了。

「不是真的總理大臣，綽號叫『總理』的也算。」

「或許有個俱樂部叫『靈魂音樂&放克音樂』[13]，而凶手是那裡的服務生。另外，或者是在韓國的首爾[14]認識的某個人。」

「還有『駕駛員』[15]、『裝訂設計師』[16]、『檢查官』[17]。」

10日文為「葬儀屋」（音：ソウギヤ；SOUGIYA）。
11日文為「惣菜屋」（音：ソウザイヤ；SOUZAIYA）。
12日文為「総会屋」（音：ソウカイヤ；SOUKAIYA）。
13日文為「ソウル&ファンク」（音：SOUL&FUNK）。
14日文為「ソウル」（音：SOURU。）
15日文為「操縦士」（音：ソウジュウシ；SOUJYUSI）。
16日文為「装幀家」（音：ソウテイカ；SOUTEIKA）。
17日文為「捜査官」（音：ソウサカン；SOUSAKAN）。

「『倉庫公司』[18]、『互助工會』[19]、『綜合貿易公司』[20]、『綜合警備保全公司』[21]……」

「還有宗教團體吧！從『ソウ』開始的可真多。」

「等等、等等、等等……一開始舉例就沒完沒了。」

「沒錯。」

我們面面相覷，各自聳聳肩。

醫生清清喉嚨，一邊雙手抱胸，一邊說道：

「回歸正題吧。」

我們要繼續討論下去。但是，就是在這個時候……

從我們所在位置的反方向——如果以方位來說的話，大約是南方——傳來喧嘩的聲音。喧嘩聲音夾雜了笑聲、叫聲，像是很多年輕男子聚在一起喧囂的聲音。

發生了什麼事呢？我轉頭看那個方向。

「好像是一群年輕人在公園裡吵鬧。」

醫生說。

「醫院的斜對面不是有座公園嗎？最近經常有不知道是高中生還是國中生的年輕孩子在那裡吵鬧。有時已經很晚了，他們還會在公園裡放煙火、放鞭炮。」

「那真糟糕。」

「住院的病人們不堪其擾而提出抱怨了。如果他們還繼續吵鬧的話，醫院方面考慮要請警方干涉了。」

「哦？需要我先向少年隊的人打個招呼嗎？」
「可以嗎？嗯，到時候看情形……」
不知道什麼時候籠罩著夜晚的霧已經愈來愈濃，剛才還看得見的那棟樓房，現在完全被霧遮蔽，已經看不到了。
「回到剛才的話題吧！」
石倉醫生說。
「即使上週末留在現場的『ソウ』，就是所謂的死前留言，但要找出留言的正確解釋，卻很困難。就像我們剛才在這裡做了那麼多的討論，也擠不出**答案**——我當然同意這一點。不過，刑警先生，你覺得如何呢？在用一般的、常識性的看法，來尋找答案之前，你應該還有什麼別的想法吧？」
「那個——」
果然這麼問了。我老實回答：

18 日文為「倉庫会社」（音：ソウコカイシャ；SOUKOKAISHA）。
19 日文為「相互組合」（音：ソウゴクミアイ；SOUGOKUMIAI。）
20 日文為「総合商社」（音：ソウゴウショウシャ；SOUGOSYOUSHA）。
21 日文為「綜合警備保障」（音：ソウゴウケイビホショウ；SOUGOUKEIBIHOSYO）。

「**有**。」

如醫生說的，如果我把我的猜測，拿去與同事或上司討論，一定沒有人會理我。因為連我自己也覺得這個猜測太離譜。不過，雖然如此，我還是無法捨棄那樣的猜測。

有個女人企圖自殺，卻沒有自殺成功。企圖自殺＝自己結束自己的生命。

而有人卻特意殺死了想自殺的人。如果我把醫生說的話當真，凶手使用了某種特殊的道具壓破死者的身體，以殘酷的方法殺死了受害者，而且——

受害者瀕死前留下的死前信息是「ソウ」。

「我當下馬上想到了。啊！這是『ソウ』。」

聽到我的回答，醫生很滿意地點點頭，說：

「果然和我一樣。正是『ソウ』。」

「是的。」

不用多說大家也明白吧！我和醫生都連想到了**某恐怖電影**。

二〇〇四年出品，溫子仁導演的《奪魂鋸》[22]，開啟了《奪魂鋸》電影的風潮，其後又有好幾部系列作品……啊，話說回來，忘記那是什麼時候了，石倉醫生曾經對我說過「我是『ソウ』系列的影迷」——我有這樣的印象。做為《奪魂鋸》迷的醫生，對「ソウ」這個字眼，想必特別敏感。

「為了讓對『活』——也就是生命——感到厭惡的人，了解生命的可貴，於是一再進行殘酷的殺人手段。這是拼圖殺人魔[23]的行動基礎。」

「所以，你的意思是上週末命案的凶手，是倣效拼圖殺人魔的犯罪？」
「受害者注意到這一點了，所以死前留下『ソウ』（SAW）的信息……」
「也有可能是凶手在行凶時，戴著和拼圖殺人魔一樣的面具，所以……」
「不過，那樣的血書留言不一定是受害者寫的，也有可能是凶手的『簽名』……」
我和醫生之所以能夠如此熱絡地對此事進行討論，不外乎我們都是重度的恐怖電影愛好者。
不管對誰說出我們的想像，對方大概都會一笑置之，不予理睬。想到這裡，我覺得還是應該把自己的這些猜測深藏在心裡就好，但是……
前天，也就是本週的星期三，發生了第二樁命案。

4

越過深泥丘的另外一邊的景色，完全不像深泥丘的這一邊，在一大片的稻田與雜木林的鄉下風景中，有一間木造的小平房。所謂的「茅舍」，指的大概就是那間房子的樣子吧？那

22 《奪魂鋸》英文名為「SAW」，日文寫作「ソウ」（音同SAW）。
23 「拼圖殺人魔」英文名為「JIGSAW」，為《奪魂鋸》主角。

是一間非常簡陋的老房子。

住在那間房子裡的五十五歲無業男子，突然死了。

男子有嚴重的酒癮，沒有家人與他同居，長期以來沒有工作，一直過著自甘墮落的生活。這一天他也獨自在家，大白天開始就喝得酩酊大醉，被不知是誰的凶手攻擊致死。

他的情況和上星期的命案不一樣，從現場的情形看來，他明顯是遭受殺害的。

「那個樣子實在太可怕了。」

石倉醫生說，我老實地點點頭：

「以前從來沒有見過那樣的現場。我看到時，真的懷疑自己的眼睛所見。」

死者所住的房子也被嚴重破壞了。

因為沒有火燒的痕跡，所以至少可以確定房子不是被什麼爆炸物破壞的。從房子被破壞的情形來看，應該是使用了什麼重機器，例如說是用大卡車之類的機械衝撞的結果。不僅房子的門破了，幾乎所有的窗戶都破了，甚至牆壁也破了，家具更是被摧毀成碎片……原本就已經老舊的房子，現在更是一片慘狀，岌岌可危的模樣讓人擔心隨時都會倒塌。

男子就死在那樣的房子裡面。

他好像是被什麼可怕的力量摔向牆壁，頭部受到強大的撞擊而致命。

「唉，那個樣子實在太慘了。」

「到底是誰，用什麼方法，能夠做出那樣的殺人事件……」

如前面所說的，這個時候外面是傾盆大雨——所以大量的雨水從破碎的窗戶、倒塌的牆壁、裂開的天花板滲入房子裡，所以整間房子可以說是泡在水裡面。惡劣的天候，再加上這房子是大片田地裡的唯一一間，所以根本找不到任何目擊者……

基本上沒有任何警方的搜查人員會把這個奇怪的命案，與上週的命案聯想在一起……除了我以外。

「這個事件的死者手裡，握著一個東西吧？」

石倉醫生像在確認般地問我。理所當然的，我和他所注意的事情，幾乎是一致的。

「沒錯。」

我邊回答，邊從上衣的口袋裡掏出香菸。早就想抽菸了，但因為這裡沒有菸灰缸，所以剛才一直忍耐著。現在終於忍不住了。

「死者的右手裡，有一塊拼圖碎片。」

「拼圖……拼圖玩具中的一塊嗎？」

「嗯。」

死者的房子裡，好像原本有一幅拼圖做的裝飾畫（大約是一千片的），在遭到凶手破壞後，拼圖散亂成一片片的碎片。受害者在氣絕之前，撿了一片散落的拼圖碎片，並且緊握在手中。

「死者瀕死前的這個動作，可以視為是死前留言吧？」

「所以說，凶手是拼圖殺人魔。是嗎？」

「是的。」

「也就是說，上個週末的命案凶手，與前天的凶手是同一人。」

我說著點燃了香菸，吐出來的煙很快就與夜色融為一體。

「兩樁命案都是模仿拼圖殺人魔的犯罪行為。」

醫生說，並且摸摸左眼的眼罩。

「前天的受害者，是一個有嚴重酒癮，過著自甘墮落生活的人，凶手因此認定他是不尊重上蒼給予的寶貴生命的人。」

「這個推論有道理——不過，醫生……」

我提出了一點點的疑問：

「即使是那樣，我還是覺得有不吻合之處。」

「你說的不吻合之處是哪裡？」

「電影中拼圖殺人魔是有殺人原則的。儘管會以殘暴的手段殺人，但是在殺人前會佈下種種機關，讓受害者選擇『要活』還是『要死』，給受害者一絲機會。如果受害者遵照『規則』，努力求活的話，也有活下來的可能性。但是這次命案的凶手，卻沒有任何規則，而是不留餘地地殺害了受害者。」

「的確。」

醫生雖然如此回答了，卻一本正經地繼續說道：

「不過，模仿的東西總是不如原來的東西有格調。」

5

拼圖殺人魔的模仿犯，在深泥丘這一帶肆無忌憚地橫行。

就在我與醫生在醫院的屋頂上進行祕密討論之時，我們的腦子裡，已經模模糊糊地肯定倣效拼圖殺人狂的凶手是存在的了。

那傢伙會以不尊重生命的人為目標，進行攻擊的行動。**那傢伙**會用什麼特別的方法，摧毀受害者的身體，破壞房子。**那傢伙**還會……

……在濃霧的日子裡。

我突然想起醫生剛開始時說的話。

那傢伙……會在濃霧的日子裡出現。

我戰戰兢兢地左看右看。

濃霧……對，就像現在的這個夜晚。

「不會吧？」

我喃喃自語。

不會吧？如果那傢伙今天晚上又……

我不自覺地拿下口中的香菸，丟到地上，用腳踩熄。

雖然一再被醫生告誡我不要抽菸、不要抽菸、不要抽菸了，我卻充耳不聞，仍然繼續抽菸。我的這種行為，無異是不把自己的性命當作一回事。如果被看作是那樣，那麼，我會不會成為那傢伙的目標呢？

啊……我在想什麼？

不要做無謂的胡思亂想了。

我偷窺了一下石倉醫生的臉，露出想掩飾自己難為情的笑容。

但，就在這個時候——

「啊！」

醫生皺著眉頭，轉身看背後的方向。

「剛才有奇怪的聲音，你沒有聽到嗎？」

「哦？」

「那邊，聲音從公園那邊傳來的。」

「是那些年輕人的喧嘩聲吧？」

「不是，那不像是……」

醫生一邊說，一邊往反方向的圍牆走去。我跟在他的後面走，那時——

聽到奇怪的聲音了。

那是很奇怪的聲音，很不一樣的聲音。

清楚地說，那是我們一般日常生活中不太會聽到的聲音……啊！那究竟是什麼？

接著，又聽到聲音了。

仍然是異樣的聲音，但是，這次的聲音很快就判別出來了。

那是人們的叫聲，而且是很多人的叫聲。恐怕是先前在公園裡喧嘩的年輕人發出來的叫聲吧！

「嘖，霧太大了，看不到。」

石倉醫生說。他把身體靠在面對公園那邊的圍牆上，正努力地想看清楚下面的情形。我也學他的樣子，但是濃霧之下，幾乎什麼也看不到。

「下樓去看看吧！」

「好。」

但是，當我們趕到現場時，年輕人喧嘩的叫聲已經消失了。

6

在連數公尺前也看不清楚的濃霧中，我們好不容易跑到心中認為的目的地，而出現在我們眼前的是——

散開在公園內的年輕人的樣子，看來十分悽慘。

首先映入我眼中的，是一個頭部倒栽在砂坑裡的人。那是怎麼被甩成那樣的呢？他的頭有一半埋在砂中，身體扭曲的角度很不自然……很明顯的可以看出這個人的脖子已經斷了。

第二個進入我眼中的人，位於公園的中央附近。霧濛濛中，那人靠著公園內的路燈，雖然有點距離，卻也勉強能夠看到他的樣子。他仰躺在地上，一動也不動，脖子以上的地方，是色彩非常刺眼、可怕的肉塊——那是一張血肉模糊的臉。

那個人或許還活著呢！我這麼想著，還想走到第二個人的旁邊去看看。但就在這時，我聽到旁邊傳來「嗚」的呻吟聲。

在哪裡呢？一陣東張西望後，終於在位於公園入口處附近的廁所旁邊，看到了第三個人。我連忙改變方向，朝第三個人的位置跑去。

「嗚……嗚嘔……」

倒趴在地上的年輕人口中，不斷發出斷斷續續的痛苦呻吟聲。我靠近他，想把他抱起來。

「不要隨便動他。」

醫生立刻出言阻止我。

「不可以動他。他的背部有骨折的情況，內臟恐怕也……」

我膝蓋著地，就近觀察年輕人的臉。但我立刻聞到一股異味，這是……稀釋液的氣味？這幾個年輕人聚在這裡吸食強力膠嗎？吸食稀釋液已經不流行了吧？真是令人無法接受的行為。不過，他們的這種行為，確實已經足夠成為拼圖殺人魔（劣質化的模仿者）的目標了。

「你還好嗎？」

年輕人在我的呼喚聲下，無力地張開眼睛。

他的眼睛裡充滿驚恐、害怕的神色。嘴角滿是血跡的嘴唇微微蠕動，他說話了。雖然是不成聲的言語，但我從他的嘴唇動作，清楚地讀出了他說的字。

他說的是：

「SO……U……」

啊，果然是嗎？

「SOU」＝「ソウ」。這就是他想要傳達的嗎？

他的嘴唇動作靜止了，眼睛也閉起來，頭垂到了地上。醫生伸手去探他手腕上的脈搏，然後無力地搖搖頭。

「醫生。」

我說：

「他剛才說了『ソウ』……」

「是嗎？」

「凶手或許還在附近。」

「……」

「我馬上聯絡警署。」

我拿出手機，試著立刻與警署取得聯絡。

但……

「打不通。為什麼會這樣呢……」

從過去的經驗看來，這附近的送訊、收訊應該都沒有問題呀！

「我的手機也不通。」

石倉醫生一邊看著自己的手機一邊說。他的聲音微微顫抖。

「我回醫院打電話。」

「麻煩你了。我留在這裡……」

但我這句話剛說完，馬上感覺到不對勁。

為什麼住在附近的人都沒有出來呢？發生這樣的慘劇時所產生的聲音應該非常大，為什麼沒有人……

嗚哇！

忍著突如其來的暈眩，立刻——

我搖搖晃晃地追上走出公園的石倉醫生。石倉醫生走到一半突然停下腳步，轉頭對我說：

「你看到了嗎？」

「——什麼？」

「腳印呀！」

「啊？」

「今天晚上沒有下雨，和上週末與前天不一樣，所以公園的地面上有清楚的腳印。你沒有注意到那個腳印嗎？」

「那、那個……」

我覺得不安，眼神也變得猶豫不定。

突然一陣強風吹來。濃霧散去，我抬頭仰望天，天邊已經開始泛白……天就要亮了嗎？
我更加混亂了。
剛才還是深夜呀！什麼時候天已經快亮了……
「這裡也有。」
醫生指著自己腳邊說。
我靠過去看，被霧濡濕的柏油路面上，有帶著公園的泥土走過來，像腳印一樣的痕跡。
那確實就是腳印，但……
那是什麼？
那是什麼？
說是腳印的話，也太奇怪了。
是這腳印的主人，殺死了公園裡的那些年輕人嗎？
這太——
這太沒有道理了。
突然又是一陣強風吹來。籠罩天地的濃霧再度散去，這個時候，我好像聽到了什麼奇怪的聲音。就是這個聲音，和剛才在醫院的屋頂上聽到的聲音一樣。
那是……
「啊……」
我嚇呆了。

先前在我的腦海裡成立的許多錯誤猜測，此時一一被導正了。

漏掉了濁音點[24]（因為被雨水沖洗掉了嗎……）。只靠嘴唇的動作而讀出來的話（因為聽不到聲音嗎……）

被握在手中的拼圖碎片。並不是在暗示凶手是「拼圖殺人狂」，而是表示那幅拼圖完成時的圖案（那幅拼圖的圖案一定是——）……

……沒錯。

那不是「ソウ」。不是「ソウ」，那是「象」（ゾウ）……

逐漸接近的聲音吸引我們的視線看向坡道的盡頭。開始泛白的天空下，漸漸散去的霧中，我們看到了。

我們看到從深泥丘的坡道上往下走的**那傢伙**的身影。

像這裡這樣的地方，絕對不應該，也不可能會有那麼巨大的生物。

那樣巨大的生物不必使用「任何特別的道具」。

用牠本身的力量和重量，就足以壓扁人類的身體，破壞人類的房舍，

牠是……

沉重而異於平常的腳步聲響起，牠猛然從坡道上面往下衝。朝著因為驚恐過度，連逃的力氣也沒有的我們衝過來。

＊＊＊

做了這樣的夢——覺得做了這樣的夢，而心情沉重的我。

24 「ゾ」為「ソ」的濁音，字形上多了右上角的兩點（濁音點），音為讀成「ZO」。

切割

1

如呂塚在我住的城市的東地區——從位於紅叡山的西側山邊看的話，可以說是東北的方位。從我家到如呂塚的車程時間不到一個小時，穿過徒原之里的山谷，就到了有名的古代遺跡——如呂塚。那裡也是Q電鐵如呂線的終點站。

二次大戰結束後不久，人們發現了如呂塚的遺跡，那是距今大約六十年前的事了。關於這個遺跡的來歷雖然眾說紛紜，但是直到現在，人們還是不大清楚如呂塚遺跡屬於哪個時代，或屬於哪個系統。

因為先前發生過幾次重大的意外，阻礙了挖掘遺跡的工作，所以……但這只是表面的說法，有些人暗中耳語說事實並非那樣。其實如呂塚的歷史早就被調查清楚，只是基於某種特殊的理由，因此不能對外公開。

我和妻子以前也一起去看過如呂塚的遺跡——好像是那樣的。但是，不知為何，我對參觀如呂塚的記憶非常模糊，雖然很想憶起當時的情形，卻怎麼樣也回憶不起來。

我已經年近五十了，再加上諸多原因，記憶力惡化的現象明顯。但過度在意這件事，也無助於我的記憶能力，所以最近總是盡量讓自己不要想太多。

不過，前些日子，我突然夢見了如呂塚。

話雖如此，我的夢中並沒有出現如呂塚的古代遺跡。我夢見自己獨自在如呂塚附近小湖的河畔小路上散步。

從湖邊要往森林裡走時，因為沒有路而必須推開阻擋行動的草木，才能繼續往前行走。我就在那樣必須自己開路的情況下前進……不久，發現了一個奇怪的洞穴入口。

我雖然覺得害怕，但抗拒不了小孩子般的好奇心，還是往洞內走去。於是——

走進洞內幾公尺後，就聽到奇怪的聲音從洞內深處傳出來。

嗯……嗯嗯嗯……

很小聲，很像是**什麼的聲音**。

嗯嗯……嗯嗯嗯嗯嗯……嗯。

眼前有幾條窄窄的分岔路，一時的猶豫後，我選擇了最大的那一條岔路，拿著手電筒往洞內走。走了一會兒後，又聽到奇怪的聲音了。但是這次的奇怪聲音和剛才的奇怪聲音不一樣。

嗞……嗞嗞、嗞嗞嗞嗞嗞……嗞。

我聽到那樣的聲音了——我是這樣覺得的。

雖然如此，我還是勇敢地繼續往裡面走。就這樣，不久後，我來到有點像廣場的地方。那個地方有——

嗯嗯嗯……嗯嗯嗯嗯嗯……嗯。

看起來**怪怪的東西**。不——

嗞嗞……嗞、嗞嗞嗞嗞嗞嗞嗞……嗞。

是看起來**怪怪的東西們**。

當手電筒的光芒捕捉到**他們**時，我忍不住發出「嗚嘔」的呻吟。

什麼呀！這是——**這些傢伙**是什麼呀！

在這樣的地方，有這麼多的嗯嗯嗯嗯……嗯，這麼多的……嗞嗞、嗞嗞嗞嗞。到底是什麼？為什麼會在這裡？嗞嗞嗞嗞……嗯、嗯嗯嗯嗯嗯的**怪怪東西們**，是住在這裡的嗎？啊，這些傢伙們……

我大大的不明白、大大的覺得奇怪，同時感覺到大大的噁心與厭惡，還有大大的恐懼與大大的發抖，甚至有想要大叫地逃跑的衝動。不過，就在這個時候，我覺得我的脖子好像被人往上提起，我醒了。

我在黑暗的臥室裡，躺在床上短暫地思索著。

剛才那是單純的夢嗎？

或者，是自己曾經體驗過的事情，借用夢的形式，在腦海裡重現？

一般人大概會認為是前者吧！但是，也不能否定後者存在的可能性——不知為什麼，覺得是後者的心情特別強烈。但是——

從這樣的夢醒來後，我卻想不起來最後看到的**他們**的具體模樣，也想不起來那些「東西們」是哪裡「奇怪」了。

2

我立刻把夢境的內容說給妻子聽。那是十月下旬的某一天。

「我作了奇怪的夢……」

我一邊說，一邊注意妻子的反應。開始時，妻子漫不經心地聽著，一邊隨著我說的內容附和般地點著頭，一邊眺望著窗戶外面。

「啊，白臉山雀！」

她指著院子裡的一棵樹說：

「看，在那邊。嘿，這個季節院子裡會有白臉山雀，很稀奇呢！」

我看到一隻小鳥，牠停在樹枝上，非常忙碌地動來動去。

那是一隻有白色胸部，黑色頭，白色臉頰，青灰色翅膀的鳥。體型和麻雀差不多，看起來比麻雀更有氣度……是嗎？那隻鳥叫做白臉山雀嗎？

我對野鳥沒有什麼興趣，所以只是隨意附和一下妻子說的話。不過，妻子最近似乎對觀察飛到院子裡的鳥很感興趣，因此針對這隻鳥，對我做了以下的解說：

「根據柳田國男的『野鳥雜記』，白臉山雀的叫聲聽起像『悉啾悉啾』，所以牠的日本名字便叫做『シジュウカラ』（音SIJUUKARA），而『カラ』（KARA）是小鳥的總稱。漢字則寫成『四十雀』，有一種說法是：一隻白臉山雀有四十隻麻雀的身價。你不覺得牠很有價值嗎？」

「啊……嗯。」

「你看，牠胸前的直線像領帶一樣。很可愛呢！」

「啊……是。確實很可愛。」

隔了一會兒，白臉山雀從院子裡的樹木飛走了，妻子的視線這才終於回到我的身上。

「你剛才說的如呂塚附近的小湖，那是如呂湖吧？」

妻子突然就把話題拉回到剛才。又說：

「我知道如呂湖，但是，森林裡的洞穴是……」

「妳不知道嗎？以前我們一起去時，有進去洞穴探險吧？」

「我不知道那個洞穴，當然也沒有和你去探險。」

「那麼，那果然只是夢嗎？」

我這麼說服我自己。但妻子卻帶著不解的神情，輕輕歪著頭說：

「我沒有和你一起去，但，不會是你自己一個人去的嗎？」

「沒有，我不記得……」

沒有——我是那樣覺得的。

「會不會是很久以前，當你還是小孩子的時候去過了？」

小孩子的時候？我還是小孩子的時候，獨自去過那個森林裡的洞穴嗎？

沒有，還是沒有那樣的記憶。不過，既然是幾十年前的事，若是忘記了，也很正常。

「——不過，你說的洞窟裡的『奇怪的東西們』，倒是讓人很在意呀！」

「嗯。但，算了，那終究只是夢。」

「到底是什麼『奇怪的東西們』，你一點也想不起來嗎？」

「嗯，完全想不起來。」

「那樣呀！」

妻子不說話了，她再次把視線投向窗戶外面的院子——過了一會兒，她好像想到什麼似的，突然開口說：

「說不定呀！或許是＊＊＊＊＊呢！」

「唔？」

我不自覺地發出疑問聲。

「我說是＊＊＊＊＊吧？聽說如呂塚的地底下，還是如呂湖的湖底，好像有＊＊＊＊＊＊」。

我的記憶裡沒有剛才從妻子的口中說出來的那串發音——「＊＊＊＊＊」，是我以前從來沒有聽過的發音，所以我不知道可以用何種文字來表示。那是哪個國家的語言都不會使用到的一串發音。

「唔？那是什麼？」

我歪著頭問。妻子以有點吃驚的眼神看著我說：

「咦？你不知道？」

明明你住在這個城鎮的時間比我還長……我想像妻子接下來會說這樣的話。這幾年來，類似的情形已經發生過好幾次了。

我出生在這個城鎮，人生有一大半的時間是在這裡度過的。相對於我，妻子的故鄉是南九州的貓目島，她是為了讀大學，才來到這個城鎮，然後住下來的。所以我確實「住在這個城鎮的時間比她更久」。然而——

我的記憶力一年不如一年了。或許是這個緣故吧？許多我現在覺得不知道、想不起來的事情，卻是妻子非常熟悉的「這個城鎮的常識」。這幾年來，真的經常發生這樣的情形……

啊，又來了嗎。

我心裡嘆著氣，無奈地搖搖頭。

我已經習慣這樣的情形了，既然過度介意也沒有用，就盡量不要想太多吧！——只能這麼想了。

3

一進入十一月，我很快就找了個時間，準備前往深泥丘醫院去注射流感疫苗。

雖然我常有暈眩和失眠的困擾，但是很不可思議的，過了四十歲以後，我幾乎沒有因為感冒發燒，而讓身體感到不舒服的情況。直到前年的年底，一場流行性感冒，讓我的身體霎時崩潰，不得不過了一個悲慘的年節。醫生開的處方藥物流行性感冒病毒劑、克流感雖然有效地抑制了病毒，但那一次真的讓我吃盡了流感之苦……說起來也算是老天對我的懲罰吧！所以從那次以後，每當流感的季節來臨前，我就會早早去醫院接種流感疫苗。

例行的簡單問診後，我的主治醫生石倉先生便幫我注射了流感疫苗。

「兩個星期後疫苗生效，你就會有抗體了。」

醫生從我的手臂拔出注射針，用脫脂棉按住注射過的部位，一邊按揉那個部位，一邊對我說：

「今年的流行性感冒還沒有開始，不過，基本的預防動作還是不可怠慢。」

左眼戴著茶綠色眼罩的石倉先生雖然是腦神經科的專門醫生，但平常的時候也會接受內科的外來門診。從我第一次進入這家醫院以來，已經受到他四年半的照顧了。

不過，依我的了解，這家深泥丘醫院共有三位石倉醫生。

左眼戴著眼罩的石倉（一）醫生是腦神經科的醫生，右眼戴著眼罩的石倉（二）醫生是消化器官科的醫生，戴著茶綠色眼鏡架的是牙科的石倉（三）醫生。他們三個人同年齡，長相也十分相似，我雖然懷疑過他們是不是三胞胎，卻從來沒有問過。

——這些是題外話。

因為後面沒有別的患者在等待，所以我就留在診療室中，繼續與醫生聊天。

我們聊了許多，包括兒童克流感可能會產生的奇妙副作用的情形、不知道何時會發生的新型流感所帶來的威脅與對付策略等等，然後——

「對了，醫生，我前一陣子作了一個奇怪的夢。」

我很自然地這麼說。醫生溫和地笑著聽我說，並問：

「是奇怪的夢嗎？人都會作奇怪的夢吧！不過——你的夢是怎麼個奇怪法？」

「那個夢和如呂塚……」

「如呂塚？」

不知道是不是我多心了，我看到醫生皺了皺眉頭。

「和如呂塚有關嗎？是怎麼樣的夢？」

「嗯。是……」

雖然覺得在這裡說自己的夢境好像沒有什麼意義，但我還是把前些日子作的那個夢的內容，對醫生說了一遍。不過，妻子說的「＊＊＊＊＊」之事，我沒有說出來。

「如呂塚的如呂湖邊的森林裡……是嗎？」

聽完我的敘述後，石倉醫生一邊撫摸著茶綠色的眼罩，一邊發出低低的「唔、唔」聲沉思著。

「而且，森林的深處還有奇怪的洞穴……是嗎？」

「嗯。那個……是什麼呢？」

「你發現了那個洞穴，並且進入洞穴看——你以前真的沒有那樣的經驗嗎？」

「唔……應該是沒有的。」

「其實有，但你忘了。有這種可能性嗎？」

「唔……這個，我就不知道了。」

我老實的回答，然後重新看著醫生問：

「醫生，我剛才說的事情有什麼問題嗎？假如我從前確實走進過那個洞穴，那……」

「沒事，沒事。不是什麼讓人不安的事。」

醫生又是態度溫和地笑著說，但是，他卻接著這麼說：

「只是，傳說那一帶有『鬼洞』。」

「鬼洞？」

好像到處都會有被稱為鬼洞的地方。不過，自己身邊就有鬼洞這種事，我倒是第一次遇到──我是這樣覺得的。

「是怎麼樣的傳說呢？」

「我也不是很清楚。總之，這類的傳說很多。不是嗎？如字面上所表示的，鬼洞當然是『鬼住的洞穴』。至於鬼洞的入口到底在哪裡，大家也不是很清楚，只說是好像在如呂湖邊的森林……」

「──哦。」

「整個日本到處都有關於鬼的傳說，關於鬼洞的傳說也一樣多。所以這裡的鬼洞傳說，也是自古以來就有的傳說之一。」

石倉醫生說到這裡暫停下來，瞥了一眼一直默默坐在診療室角落等待醫生囑咐的護士──正是那位我熟悉的女護士咲谷小姐。

「但是，在那之後的這幾十年間，有關鬼洞的傳說，有了相當大的變化。」

好像在接醫生的話一樣，咲谷護士突然如此說。

「變化？」我很關心地問：「什麼變化？」

「就是說，住在鬼洞裡的，其實不是鬼。」

咲谷一本正經地回答。

「住在那裡的不是鬼，而是＊＊＊＊＊……」

4

「＊＊＊＊＊？」

和妻子說的一樣，也是無法用文字表記的一串語音。我盡力去模仿那個發音了，但還是說得不順。

「那到底是什麼？」

「你不知道嗎？」

石倉醫生反問我。

「——嗄？」

聽到我含糊其詞的回答，醫生鼓起一邊的臉頰，不可思議地看著我，好像在說：怎麼你連這個也不知道呢？

「你不記得三年前的事了嗎？」

儘管被醫生這麼問了，我還是含糊其詞地回答「嗄？」

「好吧！就是你在深蔭川發現屍體的那件事呀！遇害的女子被惡靈附身的那個事件。」

「啊……啊，是有那件事。」

想了又想，終於把那個記憶從腦海裡拉出來——沒錯，三年前確實發生過那樣的事件。那時，我親眼目睹了令人無法置信的「惡靈附身」與「驅除惡靈」的現場……

啊！我怎麼沒有馬上想起**這個**呢？我為什麼會這樣……我一邊驚訝自己記性的不可靠，一邊說道：

「嗯。那時的確討論過水的惡靈與火的惡靈……」

我說。於是醫生滿意地點點頭，說：

「水的惡靈是＊＊＊＊，火的惡靈是＊＊＊＊＊＊。」

「啊，是，就是那樣。」

因為要正確的表達那個發音實在太難，所以只能用記號來表示那個東西。醫生們說出來的，也絕對不會是正確的發音——我是這樣覺得的。

「那麼，醫生，在如呂塚鬼洞裡的**那個**，叫做什麼呢？也像惡靈一樣嗎？」

「不，＊＊＊＊＊和惡靈不是一樣的**東西**。」

「那麼，那是妖怪或魔鬼嗎？」

話說回來，我是寫推理小說的人，是作品被冠上『本格』派的小說家，基本上並不相信世上有那樣的**東西**，也不願意相信世上有那樣的**東西**，更沒有理由相信那樣的事。但是，話說到這裡時，卻不得不提出那樣的疑問。

「和妖怪、魔鬼……是不一樣的呀！」

醫生認真地回答我的疑問。

「不過，我並沒有實際地看過＊＊＊＊＊——咲谷小姐，妳呢？」

「我也沒有看過。」

護士也很認真地回答。

「但是，我見過看過＊＊＊＊＊的人。」

「＊＊＊＊＊和水或火的惡靈不一樣，不是會做什麼不好的事情的東西。所以……」

醫生把手指放在眼罩上，好像在哄騙正在擔心害怕的我般說：

「假使你的夢的起因，是因為過去的經驗，就算那個洞穴是傳說中的鬼洞……放心吧！不需要害怕，也不用擔心會生病。」

5

因為覺得待太久了，恐怕會耽誤醫生照顧別的患者。但我正要從診療室的椅子站起來時，醫生好像要阻止我一樣，開口說：

「對了對了，關於上星期這附近發生的那件事，你有什麼看法？」

「上星期？那件事？」

我對醫生說的事一點概念也沒有，所以只能露出「不知道」的表情。於是醫生便說：

「哎呀！你不知道嗎？」

醫生說著，又對那護士使了一個意味深遠的眼色。

「難怪你不知道。因為報紙和電視都沒有報導的關係吧！」

報紙和電視都沒有報導的話——那一定不是什麼大事情吧？我這麼判斷，然後再度想站起來，可是——

「你不想知道嗎？」

醫生又阻止了我。

「啊，不是的，那是……」

「因為你從事的行業，我覺得你應該會對那件事感到興趣。雖然新聞沒有報導出來，但那確實是一件非常奇怪的事件。」

「是嗎？」

我又坐回椅子上，並且稍微調整了一下姿勢。因為從事那樣的行業，我確實不得不表示感到興趣。

「到底是什麼奇怪的事情？」

「一個星期前，深泥丘神社發現了被分屍的屍體。你完全不知道這件事嗎？」

「真的嗎？」我非常吃驚地反問。「那樣的事件怎麼……」

報紙和電視都沒有報導那樣的事件嗎？——為什麼呢？

「凶手將屍體切割成五十個部分後，似乎想在神社內焚毀那些屍塊，而犯案的時間好像是半夜到凌晨之間。目擊者是一早去神社參拜的香客，因為覺得事情奇怪，便立刻報警了。」

「——然後呢？」我小心翼翼地追問。「抓到凶手了嗎？」

「好像很輕鬆就捉到了。」

醫生回答，並且又對護士使了一個意味深遠的眼色。

「那麼詭異的殺人分屍案，卻偏偏發生在神社的境內……」

媒體為什麼沒有大肆報導這個事件呢？實在太奇怪了。然而醫生接下來說的話，把我的思考引導到另一個疑問上。

「詭異的殺人分屍案嗎……不，這件事實在太微妙了。」

「怎麼說？」

「就是說：這件事是否是殺人事件呢？這個問題很微妙。」

「屍體被分屍了，還被燒了，當然是殺人事件。」

「不，那是……」

不是殺人事件嗎？就算沒有殺人，切割了自然死掉的人類屍體，並且想在神社裡焚毀屍塊，也是很嚴重的犯罪行為呀！

「醫生，所以那是……」

咲谷插嘴說道：

「那一定是＊＊＊＊＊的……」

怎麼？又和＊＊＊＊＊扯上關係了嗎？——為什麼？

不管已經被搞糊塗的我，醫生對咲谷護士說：

「咲谷，不要輕易那麼說比較好。」

「是嗎？可是我……」

醫生和護士開始爭論。

「這件事還在調查中，在什麼都還在調查中的情況下，最好不要驟下定論。」

「可是，醫生，＊＊＊＊＊是……」

「不是妳自己看到的吧？」

「是那樣沒錯，但……」

「既然不是妳自己看到的，還是謹慎發言吧……」

……啊啊啊，他們到底在說什麼？我完全被搞糊塗了。既然弄不清楚他們到底在說什麼，我也不想再聽，還是回家吧！我這麼想著，正要起身時，又被醫生注意到了。

「怎麼樣？有興趣了解嗎？」

醫生換了個口氣問我。

「有，當然有。我是從事這個行業的人。」

我幾乎是反射性的做了這樣的回答。

「那麼——」

醫生又換了個口氣：

「去病房樓三樓的三〇三室吧！」

「病房？」

還是不明白醫生的葫蘆裡賣的是什麼膏藥。於是我又問：

「為什麼要去病房？」

「你認識黑鷺署的神屋先生吧？」

「啊……認識呀。」

我之所以認識神屋先生，緣由三年前發生的那個事件。神屋先生是一位小個子的刑警，認識他以來，偶爾有機會碰面時，都會打個招呼。

「他現在正在三〇三號病房住院中，但就要出院了。你去看他，並且問問他上個星期的事件，如何？因為他現在一定很無聊吧！」

6

就這樣——

不久之後，我來到病房樓三樓，拜訪了三〇三號病房。

如石倉醫生所說，因為急性盲腸炎手術而住院的神屋刑警，確實很無聊地在等待出院時間的到來。神屋先生看到突然來訪的我，好像看到了老朋友般，表現出非常歡迎的態度。

「哎呀，你來了！」

穿著睡衣的刑警非常有精神地從床上坐起來，一邊抓著斑白的頭髮，一邊滔滔不絕地說著，一副現在就可以一起去喝酒暢談的樣子。

「突然在工作中覺得痛苦不堪，只好馬上就醫，診斷的結果只是單純的盲腸炎。我實在太丟臉了。但當時的盲腸炎狀況已經相當嚴重，不立即動手術的話會有危險，只好緊急入院接受手術。唉！到了這個年紀了還得盲腸炎，真是傷腦筋。幸好明天就可以出院了。你呢？有盲腸炎的經驗嗎？」

「我運氣好，盲腸還乖乖的待在肚子裡。」

「還是不要大意的好——唔？對了，推理小說的大作家怎麼會突然來看我？一定有事吧？」

神屋刑警的眼神馬上變得銳利，盯著我的臉開口：

「該不會是為了那個事件吧？」

「嗯，正是為了那個事件。」

我點頭，老實地回答。

「我從腦神經科的石倉醫生那裡聽說了那個事件。就是關於發生在深泥丘神社的分屍事件。」

「你想了解和那個事件有關的事？」

「嗯——正是。」

「原來如此——那，請坐。」

病房並不寬敞。我謹慎地走到病床邊，說了一聲「不好意思」，然後坐在病床邊的摺疊椅子上。

「報紙和電視完全沒有報導那個事件的原因是什麼？是不是有違反新聞報導規範的情節？」

我首先提出這個疑問。但是刑警一臉嚴肅地先回答「不是」，然後才說：

「是出自於媒體業者的自我約束。」

「因為犯罪的行為太可怕、太詭異嗎？」

「不是，也不是那樣——」

刑警抓抓自己斑白的頭，又說：

「焚燒已經被分屍的屍體是事實，但這是不是一起殺人事件，卻是個問題。總之這個問題很微妙，所以……」

又是「微妙」嗎？和剛才石倉醫生的說法一樣。但是……

「聽說已經抓到凶手了？」

「是。很快就抓到凶手了。」

「那……凶手是怎麼樣的人物呢？為什麼會做出那樣的事情？還有，聽說屍體被切割成五十個部分？」

「沒錯。」

刑警仍然是一臉的嚴肅，點頭說：

「他把切割成五十個部分的屍體，拿到神社境內的垃圾場焚燒時，被人發現了，因此很快就被逮捕。屍體雖然已經被燒成半熟的狀態，但經過確認後，確實是五十個部分沒錯。」

只是這一部分的情節，就足以說明這個事件果然很詭異。

「凶手是——」

刑警繼續說：

「讓人很驚訝。凶手竟然是那座神社的住持。他的名字是堂場正十。」

「堂場？」

「御堂筋[25]的『堂』，場所的『場』——是一位還不到四十歲的年輕住持。幾年前他的父親突然去世後，他便繼承了住持的職位。根據他周圍的人的說法，他是一個非常敦厚又能辨別是非的好人。」

「哦。」

凶手是神社住持之事固然令人意外，卻讓我有種期待落空的感覺。那麼，＊＊＊＊＊呢？和這個事件無關嗎？

「可是，那位堂場先生為什麼要那麼做呢？」

「讓人煩惱的問題就在此了。」

刑警的眼神更加銳利了——我覺得是這樣的。

25 大阪市最重要的南北向街道名。

「接獲發現者的通報後，警方立刻派了最靠近現場的派出所員警前往了解。據說員警到達的時候，那位堂場先生的精神狀態很不正常。」

「不正常……你是說堂場先生的精神不正常？」

「可以說他瘋了。不知道能不能用這樣一句話概括，總之，當時的他處於非常激動的狀態中，聽說花了好大的力氣，才好不容易控制住他激動的情緒。」

或許是……對！他被＊＊＊＊＊附身了。會是那樣嗎？

根據神屋刑警的描述，我很自然地朝著那個方向想。但我也很快的告訴自己「不是那樣」。我想起石倉醫生先前說的話，他說＊＊＊＊＊和水或火的惡靈不是一樣的**東西**，不是會做什麼不好的事情的**東西**。

「警方當場要逮捕他時，因為他很激動，所以花了一些時間才讓他平靜。但他的情緒平復下來後，卻沒有人聽懂他說的話。他不再反抗，情緒也不再那麼激動，只是一再地說：無論如何自己非得把**那個**切割成五十個部分不可。他不斷地那麼說……」

「知道死者的身分了嗎？」

我試著問問看。

「死者的年齡和性別呢？」

結果刑警皺著眉，緊閉著嘴巴好一會兒，才開口這麼回答：

「不清楚——還在進行ＤＮＡ的鑑定。」

「五十個部分是怎麼切割的呢？能具體地說清楚嗎？」

「你想聽？」

「──嗯，是的。」

「聽了之後你可能會覺得不舒服，不過，我就說吧！反正也沒有不能說的理由。」

7

神屋刑警說明的「切割屍體細節」如下。

為了方便敘述，就先從四肢的切割狀態說起──

四肢的兩手兩腳從根部的地方被切割下來後，兩手的手肘和手腕的地方被切開，兩腳的膝蓋和腳踝處也被切開。手的上手臂和下手臂又各自被切割成兩截，腳的大腿和小腿也各自被切割成兩段。然後左右手的手指和左右腳的腳趾，也一一被切下來──在這樣的切割方式下，四肢被切成四十個部分了。

然後是從身體切割下來的頭部，首先是切開頭顱和頸部，然後又從下巴關節處將頭顱切成上下兩個部分，然後再切下兩耳──這樣是五個部分了。

剩下的身體切成臀部、腹部、胸部三個部分後，再將左右乳房從胸部上切下來──這樣切出來的五個部分再加上前面的各部分，合起來正好是五十個部分。

──神屋刑警在敘述以上的細節時，特地在一張紙上，粗略地畫出人體圖後，然後再一邊講解：「切這裡，這裡是這樣切的……」一邊畫點線，標示出切割的地方。

用來切割的器具有斧頭、劈刀、菜刀、鋸子、剪刀……等等，好像是依照切割部位的需要，而使用不同的切割道具。這些道具都是神社內原本就有的東西。

「確實總共切割成五十個部分。」

我抬起頭，視線離開刑警畫的圖，深深嘆了一口氣。

想像被分屍的屍體，其實是很噁心的事情。雖然推理小說裡常有分屍案的情節，身為推理小說家的我對於這樣的情節，照理說應該習以為常才對。但是，小說畢竟是小說，現實生活裡我一點也不想看到那種情景。

「剛才你說死者的性別還不清楚。但是，從切割乳房的這一點看來，死者應該是女人吧？」

我直率地指出我注意到的地方。刑警又是一臉嚴肅，回答道：

「死者的身分還在鑑定中。我剛才已經說過這一點了。」

「但是……」

我皺著眉說：

「這不是很明顯的事情嗎？用不著鑑定也可以明白的。對了，還有性器官呀！屍體上有男性的性器官嗎？」

「報告資料裡並沒有提到像男性性器官的部位，也沒有男性性器官被切除的痕跡。」

「那麼，那果然是一具女性的屍體……」

「我說了，還在ＤＮＡ鑑定中。」

刑警很堅持這一點的態度，讓我覺得奇怪，但我還是暫且先轉移了討論的方向。

「凶手焚燒屍體的用意是什麼？他為什麼要那麼做呢？」

不管怎麼說，我總是個推理小說家，得提出個與身分相當的問題。

一般而言，肢解屍體的目的，不外是為了不讓人知道死者的身分，另外就是肢解後的屍體比較容易搬運或掩埋、隱藏。但是，以這個事件來說，先不說前者，可是後者又不符合上述的假設。因為凶手是神社的住持，就在自己的神社內焚燒分屍後的屍塊，這樣的隱藏屍體方式，未免太不用腦筋了——那麼，肢解屍體的目的是什麼呢？

「切割屍體的作業，是在室內進行的。神社的事務所內有進行肢解屍體時留下來的痕跡。」

刑警補充說明道。我表情嚴肅地雙手抱胸說：

「肢解屍體的目的既然不是為了隱藏，那麼只能認為凶手的目的就是為了『切割』屍體，和『燒掉』切割完成後的人體部分。是這樣嗎？」

刑警沒有回答我。我繼續說：

「我還很在意一點，那就是：凶手有必要把屍體切割得那麼仔細嗎？這也是一個很大的疑問。分屍的方式不是胡亂的切割，而是很仔細的按照部位切割。好像是為了切割成五十個部分，進行計算後，才動手的……」

「不錯，這點說得一點也沒錯。」

刑警開口說。

「為了達到切割成五十個部分的目的，堂場好像很仔細地一邊數一邊進行切割。」

「一邊數？」

「為了害怕數錯，還以『正』做記號。他說他是那樣認真的計數後，才終於正確地完成了五十次的切割。」

「唔——這是他本人說的嗎？」

「是的。警方在他的事務所內，也發現了『正』字的記號。」

「喔——剛才您說過了，那位堂場先生一直在說無論如何都一定要切割成五十個。是嗎？」

「是的。」

「沒有問為什麼一定要那樣嗎？」

「當然問了……但是，問不出讓人可以理解的理由。」

刑警嚴肅地搖搖頭。

「特別是堅持一定要切割成一塊塊再焚燒這一點。他一直叫嚷著：不那樣做的話，對方就會醒過來。」

「那……和《屍變》很像呀！」

「那是什麼？」

「啊，沒……」

這個人不知道嗎？《屍變》是山姆．雷米（Samuel Raimi）導演的名作呀！——不過，我馬上想到：或許只是我個人的嗜好和別人不一樣，所以才會知道那部電影，聯想到那部電影。

「無論如何都要切割成五十個……」

為什麼要執著於這個數字呢？為什麼非執著不可呢？

「好像是聽到『聲音』這麼說的。」

刑警嘆著氣說。

「非五十不可。一定要五十，不是五十的話就不行——好像是這樣。」

聽到這裡，我也忍不住嘆氣了。

「所謂的電波系嗎？」

電波系[26]……電波系住持。

這樣的說法雖然有趣味性，但是，把這個當成「謎」的答案，就太說不過去了。這不是一般能不能理解的問題——

「關於堂場先生為什麼堅持五十這個數字，我的同事們有一種猜測。」

刑警說。

「也就是說：堂場先生是不是太在意自己的名字了？」

「名字？」我不解地問。

26日文泛指具有妄想癖，或是旁人難以理解與溝通的人。

「堂場先生的名字？」

「是的。就是他的名字。」

剛才聽過他的名字，如果我沒有記錯的話，他的名字是……

「他的名字是正十，是嗎？」

「沒錯。」刑警皺著眉頭的臉上露出苦笑。

「正月的『正』，一二三四五六七八九十的『十』。這就是他的名字。」

「正十……的確。十個『正』字嗎？剛好是五十個筆畫。你的意思是，他以自己的名字做為犯罪的理由？」

「要不然他為什麼要堅持五十這個數字。」

刑警的苦笑更深刻了。

「現在看來，這個事件最後似乎只能以『堂場先生瘋了』，做為最終的結局了。很遺憾這裡沒有可以成為推理小說內容的點子。」

「唔……好像是的。」

受刑警苦笑的影響，我也只能苦笑了。但是，總覺得還有什麼不對勁的地方。讓我覺得不對勁的地方不在於凶手執著「五十」，或執著「五十」的理由，到底是哪裡不對勁……

一邊寫「正」字做記號，一邊進行五十次的切割。

被焚燒的五十個人體部分。

五十次的切割，五十個人體部分……啊！是嗎？是那樣嗎？

「這裡有奇怪之處呀！刑警先生。」
我說著，並且站了起來。

8

「被切割後的人體部分，確實是五十個嗎？」
我看著盤坐在床上的神屋刑警，再一次如此確認。
「堂場正十被逮捕的時候，確實是說對屍體進行了五十次的切割吧？」
刑警以「怎麼了嗎？」的眼神回看著我，然後點頭說：
「是的。」
「沒錯嗎？」
「沒錯。」
「如果是那樣，那麼，刑警先生，你不覺得奇怪嗎？」
我說著，拿起剛才刑警解說凶手切割屍體時所畫的人體圖。
「這樣的切割，的確能把屍體切成五十個部分。確實沒有錯。但是……」
「你覺得奇怪嗎？」
「當然覺得奇怪。只要再想想，就會覺得奇怪。」我加強語氣。
「直接說吧。要分成五十個部分的話，其實只要進行四十九次的切割動作就可以了，用不著切割五十次——不是嗎？但是，堂場氏說他切割了五十次，而且是一邊切割，一邊做記錄。這其中的矛盾，應該怎麼解釋呢？」

刑警「唔——」地陷入沉思，沒有回答我。我則是繼續說出我的想法：

「如果堂場沒有數錯，那麼，進行了五十次的切割後，應該會出現五十一個部分。警方在收取各個屍體部分時，沒有任何遺漏嗎？」

「遺漏？」

刑警很嚴肅，而且很果斷地搖搖頭說：

「沒有遺漏。我親眼確認過了。絕對沒有錯，是五十個屍塊。基本上就是如圖所顯示的，照那個樣子切割了。」

「確實。」

「確、實。」

「沒有遺漏的部分？」

「五十個屍塊雖然已經被燒成半熟的狀態，但是形狀並沒有被破壞，所以可以很清楚地辨認出是身體的哪一個部位。總之，所有的部分都湊齊了。」

「那……」

基於我的職業個性，當事件出現矛盾的情節時，就必須建立各種假設來解釋矛盾的現象。於是我一邊思考，一邊說道：

「換個想法吧！假設屍體還有一個不被知道的第五十一個部分。你覺得如何？」

「呵，這個假設很驚人呀！」

「就是假設罷了。假設被切割下來的第五十一個部分，是男性生殖器官，因為焚燒的關係，位於腹部下方的切割痕跡被忽略掉了。」

「果然是有趣的假設。」

刑警這麼回答，嚴肅的臉上露出了笑意又說：

「你的意思是：假設死者同時具有男女兩性的特徵。或者，是一個做過豐胸手術的男子。是嗎？」

「或許呀！」

「嗯。更或者可以想像：假設『第五十一個部分』是男性器官以外的東西。那不是更有趣嗎？」

「例如是什麼？」

「例如是——尾巴。如何？」

「尾巴？」

有那麼一瞬間，我甚至接受了這個假設。

「有嗎？有那樣的東西嗎？」

「啊，怎麼會有呢？我是開玩笑的。」

刑警臉上的笑意消失，好像表示「玩笑到此為止」般。他調整了口氣後，繼續說道：

「說真的，事件發生後，警方前往現場調查時，對現場的四周進行了徹底的搜索，不管室內還是室外，絕對沒有遺漏任何可以搜索的地方。事實就是：沒有發現任何多出來的部分。沒有尾巴，沒有男性器官，也沒有第三隻手，或第十一個手指頭。」

「……」

「所以，我不得不說你的猜測是錯誤的。」

「可是，為什麼……」

我確實沒有辦法提出更有說服力的假設了，但或許還有其他的可能性呀！

五十次的切割。

切割出五十個人體的部分。

怎麼計算總也算不攏呀！不是嗎？為什麼會有這樣的矛盾情形呢？

9

「ＤＮＡ的鑑定結果遲早會出來。到時候這個問題就不存在了吧？」

神屋刑警對腦子裡一片混亂而沉默的我說。

「或許堂場先生最後會被釋放，但考慮到他的精神狀態，他被送進精神科病房的可能性，是非常高的。」

「釋放……」

我的思考更加混亂了。

「為什麼會那樣呢？」

「一開始我就說過了。」

刑警回答道：

「我說：上星期的那個事件，**是不是殺人事件，是個微妙的問題。**」

「你確實是那樣說過了。但……」

刑警的確說過那樣的話，連石倉醫生也是那麼說的。但是——

「因為死者不是死於被殺。是這個原因嗎？堂場先生沒有殺人，他只是做了切割屍體的動作。因為存在著這樣的可能性，所以不是殺人事件嗎？」

就算是這樣，堂場還是會被追究破壞屍體與遺棄屍體的罪行呀！為什麼ＤＮＡ的鑑定結果後，堂場先生可能會被釋放？被釋放的理由何在？

「我想你是全然誤解了。」

刑警又是抓抓斑白的頭髮說：

「我所說的『微妙』，並不是你想的那樣。死者毫無疑問是被堂場殺死的，而且還被堂場分屍。這些堂場都自己承認了。」

既然如此，那……

我怎麼想都想不明白，只能不解地歪著頭想。

「那天深夜，他突然在神社境內看到了**那個**後，馬上萌生強烈的恐懼感，於是不由自主地做了那樣的事。他說他拿起手邊的石頭，不斷地敲打對方的頭，最後終於打死了對方。

後來又把對方的屍體拖到神社的事務所，在事務所內進行切割……」

「……」

「這些都是我盲腸炎住院後，從同事們口中聽來的，這些內容都是堂場的自白。後來檢方進行了司法解剖，證明堂場的自白屬實。所以，他是那個命案的凶手，是無庸置疑的事。」

刑警滔滔不絕地說著，但我卻愈聽愈不明白。

既然如此，為什麼醫生和刑警的說法還那麼曖昧？說什麼「是不是殺人事件，是微妙的問題」……為什麼呢？

因為覺得非問清楚不可，所以我直接提出我的疑問。結果──

「曖昧的說法？是嗎？或許吧！」

刑警點頭表示同意，繼續說道：

「『是不是殺人事件，是個微妙的問題』……因為不知道被殺的算不算是『人』。微妙之處就在這裡。」

「嗄？」

我忘了這裡是醫院，大聲地喊了出來。刑警的意思難道是──

「受害者不是人類嗎？」

「還沒有辦法確定。不過，堂場本人倒是很堅持這一點。他說自己殺死的**不是人**，堅持自己殺死的是＊＊＊＊＊。」

「嗄啊？」

是＊＊＊＊＊？被殺死的是＊＊＊＊＊？——**那個**到底是什麼樣的**東西**？刑警雖然這麼說，我卻無法有具體的感受。

「所以我才會說一切要等待ＤＮＡ鑑定後的結果。這次負責鑑定的，不是警方鑑定單位，而是拜託Ｑ大學醫院的研究室單位進行的。因為這個事件不同於一般的犯罪，除了需要相當特殊的鑑定技術外，也比較花時間。」

「可是，刑警先生。」我喘著大氣般地說。

「那個……＊＊＊＊＊那種**東西**是真的……」

「當然是真的存在。你覺得不存在嗎？」

「啊……唔。」

「過去幾十年來，這個城鎮已經發生過數起與＊＊＊＊＊有關的事件了。看到**那個**的人，不僅會驚慌失措，還會感到極度害怕，以致於在不自覺的情況下動手殺害。這樣的例子以前就發生過了。不過，像這次這樣分屍、焚屍的情形，這倒是第一次。」

人生大部分時間都居住在這個城鎮的我，卻是今天才聽說過這種事——我覺得是這樣的。至少在我現在的腦海裡，完全找不到與這種事有關的記憶——我覺得是這樣的。

「關於＊＊＊＊＊的ＤＮＡ，Ｑ大學的研究室裡有相當多的資料，所以才會送去那裡做鑑定。聽說＊＊＊＊＊的某一部分，是人類絕對沒有的構造。所以，經過專門的鑑定之後，如果確定那些被切割成零碎小部分的屍塊屬於＊＊＊＊＊所有，那麼，上個星期發生的事件，就不算是**殺人**事件；屍體當然也不是人類的屍體，損壞屍體的罪名也就不成立了。如此一來——」

「堂場先生就會被釋放……原來是這樣的。」

我深深嘆了一口氣，頹然坐在椅子上。實在無法相信刑警剛剛所說的話，只好無力地搖擺我那還是一團混亂的腦袋。

「是*****嗎？」

不管怎樣，也發不精準那個東西的**名稱發音**，我只是喃喃地唸著：

「是*****嗎？——刑警先生。」

我慢慢抬起眼睛，問道：

「那個*****，到底是什麼？」

「除了上星期看到被切割的屍體外，我沒有見過*****，所以也無法回答你。」

刑警回答，看得出他也感到為難。

「有手有腳，而且每隻手、腳上也都各有五隻手指、五隻腳趾……就像剛才畫在紙上的一樣，*****是擁有與女性的身體十分相似的**東西**。只是就算不提ＤＮＡ或是什麼身體基因的問題，光從外表也可以一眼就看出*****與普通人類的差異。不論是誰，都可以馬上看出來……」

「但是，那個*****……一開始是住在如呂塚那邊的吧？」

「是的。你也知道這一點呀？」

「嗯，知道。不過，是最近才聽說的……」

「原本住在如呂塚的**那個**，不知道為什麼偶爾也會突然出現在城鎮裡，雖然不會做什麼可怕的事，看到那個的人，卻會變得驚慌失措，而做出失常的行為。不過，像這次這樣的事件，倒是以前從來沒有聽說過。」

「唔——」

我無力地點頭表示了解，但是心裡卻想著：

這個城鎮怎麼了？發生什麼事了？

現在想來，＊＊＊＊的事件應該不是全日本都會有的問題，恐怕是只有這個城鎮才會發生的特殊情況吧？是這個古老的城鎮、住在這個古老城鎮裡的人，才會遇到的問題……

……嗯……嗯嗯嗯……嗯嗯。

這個時候，我心的某個角落開始慢慢地傳出聲音。

嗯嗯嗯嗯……嗯嗯……嗯……

……啊！這是……

是**那個**嗎？

前幾天在夢裡聽到的奇怪聲音，正是「嗯嗯嗯嗯嗯」。那個夢的最後，我看到的……嗯嗯、嗯嗯嗯……那些異樣的東西們發出來的……嗯。

我原本怎麼樣也想不起來的**那些東西們**的樣子，突然就在這個時候浮現腦海了——我覺得是那樣的。同時——

「嗚嗚嗚……」

我不自覺地發出這樣的呻吟聲。不知道刑警看到那個樣子時，會有何種想法。

當我想起**那些東西們**的樣子時，剛才一直百思不解的疑問，也突然有了答案。

五十次的切割，形成五十個部分。

舉例來說，要把一條法國麵包切成兩段的話，只要切一個地方就可以了。

但若要把一個甜甜圈切成兩半，要怎麼辦呢？只切一處是不夠的，要切兩個地方才行。

情形就是如此。

藉著五十次的切割形成五十個部分的問題重點，就在「原本的形狀」。

那個東西的原本形狀如果像甜甜圈一樣，是「環狀」（以相位幾何學來解釋的話，就是看起來「有一個洞」的形狀）的，那麼，要切成五十個部分的話，的確要做五十次的切割動作才行……

……在那個洞穴的深處，發出嗯嗯、嗯嗯嗯嗯嗯的聲音，樣子古怪的東西們的外表雖然大致上很像人類，卻是頭與腳底相連的。形成「環狀」的他們擠在一起，在那個洞穴內的廣場上……嗞嗞、嗞嗞嗞嗞嗞地蠕動著，讓人看了很不舒服。那個……嗯嗯嗯、嗯。

10

這一天回到家的時間是將近天黑的黃昏時候。

我決定暫且不告訴妻子醫院的事。妻子坐在一樓的起居室，正透過望遠鏡觀察院子。

我也站在窗戶旁邊，順著她的視線看去。圍牆的後面，就是佔地寬闊的白蟹神社的守護森林。林內某一棵高大的樹木上，有一隻看起來很眼熟的野鳥。

「啊，又是『四十雀』嗎？」

我問。妻子放下望遠鏡，搖搖頭，回答說：

「不是，那是『五十雀』。」

「『五十雀』？有那種名字的鳥啊？」

「五十雀因為和四十雀長得很像，所以被叫做五十雀……你看，牠頭朝下地停在樹幹上！這個動作是五十雀的特徵。」

「喔。」

「如果說四十雀的意思是有四十隻麻雀身價的鳥，那麼，五十雀就是有五十隻麻雀的身價吧？」

「啊……是吧。」

「可是呀……」

妻子重新拿好望遠鏡說：

「你不覺得牠應該更有身價嗎？」

夜之蠕動

1

貓常常會注視著**不可能有的東西**——有這種感覺的人，應該不是只有我。家裡養過貓的人，一定會點頭同意我上面說的話吧！我們覺得是「不可能有的東西」，其實並不是真的「不可能有」。例如羽虱之類我們不會注意到的小生物，有時貓就是在看著那樣的小生物，並且注意著牠們的動作。

不過，也有不是那種情形的時候，有時貓確實是看著真正「不可能有的東西」——我覺得是那樣的。牠一直看著應該什麼也沒有的地方，沿著牠的視線看去時，會發現那裡真的是什麼也沒有，真的沒有。

「怎麼了？在看什麼？」

這種時候，做為飼主的人，會忍不住地這麼問吧？不過，貓兒當然什麼也不會回答，所以有時我會有一些傻瓜般的想像。

或許，我說的是或許，貓可以看見人類看不見的**什麼東西**。家裡養過貓的人，一定也會點頭同意這個說法吧！

只有貓看得見，而人類看不見……雖然試著想像了，卻還是無法相信那個**什麼東西**實際上是存在的、是有的。正好有那樣的東西，存在著那樣的東西——我盡量那樣想，並且還想擴大自己的想像範圍，卻做不到。不知道別人怎麼樣，至少我是這樣的。

我乾脆停止思考，告訴自己「貓有時真的不可思議」。關於這一點，家裡養過貓的人，一定也會點頭同意吧？話說回來——

我家現在就有兩隻貓。

這兩隻貓是十幾年前妻子撿回來的，牠們被丟棄在我們當時居住的住宅大樓的停車場。那時牠們是才生出來幾週的虎紋貓兄弟。因為被遺棄的關係，牠們瘦巴巴的，一副就要斷氣的模樣，所以妻子立刻將牠們送進動物醫院，接受妥善的照顧，好不容易才把牠們從鬼門關前抓回來，慢慢變成可以在屋子裡繞來繞去的可愛貓咪，連我這種對貓並不感興趣的人，竟然也愛上了牠們。

後來，我們搬到現在住的獨棟房舍，貓兒們會在現在的房子裡昂首闊步，模樣仍然很可愛。

二樓是我的書房，也是貓兒們的禁地。但是，每當我工作累了，便會悄悄下樓，在睡得正舒服的貓兒們背上抓一把。在充滿壓力的寫作生活中，戲弄貓兒是我稍微可以消除壓力的方法，但對被妨礙了睡眠的貓兒們來說，想必是極大的困擾吧！——話又說回來。

我家的貓兒們就是那樣，偶爾會突然地看著**不可能有的東西**。

和牠們共同生活十年以上的我，其實已經相當習慣牠們那樣的動作了，所以看到牠們莫名地凝視著半空中時，通常我只是覺得「啊，又那樣了」，然後就算了……

2

「怎麼了？在看什麼？」

無意中看到貓兒的樣子，我隨口出聲問了一句。

那是正月。是正月初三過後約一個星期的某一天半夜發生的事情。

地點是一樓的起居室。

我們夫妻兩人坐在沙發上看電視。地方電視台的QTV正在播放週末的深夜節目，內容是以實事為背景的B級恐怖、不可思議劇。這種戲劇節目的預算偏低，並以悲情為訴求，製作雖然粗糙，但彌漫著奇妙氣氛，所以妻子似乎還滿喜歡看的，我偶爾也會陪她一起看。

三十分鐘的戲劇分成前後兩段播出，兩段的中間是廣告時間。我在廣告時間時，看了那兩隻貓一眼。

牠們儀態端正地並坐在離開電視有點距離的地方，我發現其中一隻正在看著**不可能有的東西**。

「怎麼了？」

我和平常一樣，心情輕鬆地用甜膩的聲音對貓兒說。

「在看什麼呢？」

貓兒沒有理會我，當然也沒有回答我的問題，甚至看也不看我一眼。貓兒動也不動地豎直耳朵，看著斜上方。

「怎麼了嗎？」

我又問了一次，叫了貓的名字。

「有什麼東西嗎？」

貓還是沒有回答——但是，就在這個時候，我看到旁邊的另外一隻貓的視線也移往相同的斜上方，並且開始一直盯著**那裡**看。

「咦？真的有什麼東西嗎？」

這個時候，我的想法還是停留在「反正又是在看**不可能有的東西**」，不過，就在我下意識地順著貓的視線看去的那一瞬間後——

「哇啊！」

我忍不住發出**不可能有**的叫聲。

3

起居室沙發上面的天花板上，有兩盞排在一起的燈。貓兒們看著的，便是其中的一盞。直徑不到一公尺，壓克力製的圓形半透明燈罩內，是兩支環狀的螢光燈，發出的是電燈泡色的光芒。

貓兒們看的，是那個燈罩的內側。

平常應該不會出現在那樣的地方的**東西**，現在卻在那裡。

啊啊啊，那是……

「……哇。嗚哇！」

我突然驚叫，妻子覺得奇怪地轉頭問我：

「怎麼了？什麼事？」

「啊……那個，是那個……」

我豎起右手的食指，害怕地指著天花板上的燈。

「那個，在那樣的地方裡。」

「什麼？」

「因為貓一直看著那裡，我想那裡有什麼嗎？也看了那裡……看，在那裡。」

圓形半透明的燈罩內側裡，現在正有一坨讓人覺得可怕的黑影在蠢動。

那坨黑影有著細長的身體，身體的兩側有幾十隻短短的腳……那些短腳們正在蠕動，細長的身體也令人作嘔地扭曲、運動著。嗚嗚，那是——

是——蜈蚣。

除了蜈蚣外，不會是其他的東西了。

從看到的感覺來評估，那蜈蚣的身長應該有十公分以上。是中國紅頭蜈蚣？還是日本藍頭蜈蚣？……總之是大型的、會令人害怕的蜈蚣。

「什麼？你在說什麼？」

妻子再度問我。我依舊指著天花板的燈說：

「妳看，妳看，那個。在那裡呀！好大的蜈蚣！」

「蜈蚣？」

她也嚇了一跳，眼睛張得老大。但是，很快又很驚訝地歪著頭說：

「在哪裡？哪裡有蜈蚣？」

「嗄？」

這次換我感到驚訝了。

「就在那裡呀！在那個燈罩的裡面，還在動……」

可是，我已經這麼說了，妻子的反應還是一樣。她歪著頭說：

「沒有呀！哪裡有你說的東西？」

她不僅這麼說，還用疑惑的眼神看著我。

「你沒事吧？」

她看不見嗎？沒有看見那隻蜈蚣嗎？還是我看錯了？

我戰戰兢兢地又抬頭看天花板。沒錯呀！**那個**確實還在那裡。

像這樣的燈罩內，有羽虱那樣的小蟲跑進去，其實並不是什麼稀奇的事。我曾經因為不覺得燈罩有縫隙，不明白小蟲們到底是怎麼跑進去的，而向認識的建築工人詢問，工人給了我一個明確的答案。

就是……

外側——也就是室內這一邊的相反邊，與天花板之間，會有裝配電線用的空間，電線就是通過這樣的空間，從開在天花板的孔洞連接安裝在天花板上的燈具。天花板內部或外壁與內壁之間，通常都會有一些的空間，那是為了通風，並與外面的空氣保持接觸。木造建築尤其常見這樣的構造。總之，屋內和屋外並不是完全隔絕的，所以小蟲之類的生物，其實可以自由地進出屋內外。

所以——

蜈蚣經由同樣的路線，進入了天花板的內部。這種情形當然可能存在。**那個**和羽虱一樣地，從配線用的孔洞，鑽進燈罩裡了——我不願太清楚地去想像那樣的畫面，但一定是那樣沒錯。

這裡位於山邊，屋後又是神社的一大片森林，原本就是適合蜈蚣棲息的地方。在屋外看到蜈蚣的經驗，以前我有好幾次了。但是——

拜託，我可不希望在屋子裡看到蜈蚣呀！還偏偏在燈罩裡面……啊，真受不了。真的是……

可是……

妻子的反應為什麼是那樣的呢？

我不得不覺得困惑。

蜈蚣明明就在那個燈罩裡面，並且從剛才起就一直沿著圓形燈罩的內側邊緣在爬行。看著那可怕、噁心的動作，我好像冒冷汗了。我甚至聽到了卡沙、卡沙沙沙……的聲音——我覺得是那樣的。

明明就有。

但妻子卻很平淡的說：

「沒有呀！哪裡有你說的東西。」

為什麼會這樣？

她看不到**那個**嗎？真的沒有看到嗎？

「妳真的沒有看到嗎？」

我很認真地問她。

「什麼也沒有看到……不存在的東西當然看不到吧？」

妻子回答我，她的表情也很認真。

啊！這是怎麼一回事呢？

明明就在眼前的事實，卻無論如何也不想承認。這是什麼樣的心理因素？而且還要裝**著沒有看見**。或者，她陷入了「有看沒有見」的異常認知狀態呢？

——且先不管這個了。

應該如何處理這隻蜈蚣呢？我很煩惱。

就這樣明知道牠在那裡，卻裝作沒看見，等牠自己爬回天花板裡面？或者，既然牠找不到路回去，就讓牠餓死在燈罩內？還是乾脆拆下燈罩，處理掉牠呢？

左思右想後，我果斷決定選擇後者。

4

我找了理由，說服面露疑惑之色的妻子暫且離開起居室，然後到儲藏室裡拿出梯凳，放在燈罩下的適當位置上。接著又在儲藏室裡，找出噴霧殺蟲劑「冷凍瞬殺．雪夾冰Q」，預備在必要的時候與蜈蚣大戰一場。兩隻貓似乎感覺到氣氛不正常，早早就識相地離開了起居室。

爬上梯凳，就近觀察那個黑色蠢動的影子時，愈發覺得可怕與噁心……想與蜈蚣戰鬥的心意不禁有些退縮了。好歹重整一下決心——

我拆下燈罩。

開始的時候，我右手拿著噴霧殺蟲劑，想只靠左手拆下燈罩，可是怎麼樣都辦不到，只好把噴霧殺蟲劑放在腳邊，使用兩手進行拆卸的工作。因為完全不知道要如何拆，所以先用手指輕輕去推燈罩的邊緣，結果燈罩一動也不動，只好用力一點再推，結果……

喀答！

突然，我眼前的燈罩滑出天花板上的卡扣，向下鬆脫出來。

「糟了！」就在這麼想的時候，燈罩往我的方向傾斜，燈罩內的蜈蚣在重力的作用下，也滑向我這邊。我一時無法冷靜面對突發的狀態，「啊！」地叫出聲，雙手暫時放開了燈罩。就某種意義來說，這可以說是最糟糕的動作。

「哇……」

失去支撐的燈罩以更大的傾斜度，像張開的大嘴巴一樣，靠在我的身體上。之前一直找不到出口，只能在燈罩內蠢動著的蜈蚣，一定會往終於出現的這個出口爬來——糟糕！

「哇哇哇哇！」

我連忙從腳凳上跳下來，馬上調整為迎擊的態勢，準備拿起放在地上的噴霧殺蟲劑「冷凍瞬殺·雪夾冰Q」。但是，在這之前——

燈罩掉下來了。

蜈蚣也從燈罩裡掉出來，而且——

偏偏就掉落在我的肩膀上。

那發出令人毛骨悚然的黑色光芒，蠕動著讓人覺得噁心的數十隻腳的生物，掉落在我身上的長袍了。我看著牠從左邊的肩口爬向左手的手臂。

「嗚哇哇哇！」我一邊大叫，一邊不停地抖動包括左手在內的全身，試圖揮掉身上的牠。然而——

「哇啊！」

蜈蚣緊緊地趴在我的長袍上，無法輕易揮掉牠，並且還從我的手臂朝著手腕前進……

左手手背的強烈刺痛，讓我大叫出聲。

被攻擊了！被咬了！

——在我了解到這一點的瞬間，蜈蚣終於從我的身上掉下去，落在地板上。

「冷凍瞬殺·雪夾冰Q」——從這個商品的名稱，就可以了解到這是可以瞬間讓敵人凍僵的新型噴霧殺蟲劑。雖然我才第一次使用，卻馬上就驗證了使用說明書上所說的功能不假。

掉落在木質地板上，想要逃走的蜈蚣扭曲著身體，原本靈活的動作在噴霧殺蟲劑的藥效下，愈來愈顯遲鈍，才幾秒鐘的時間便停止了活動。我又繼續噴了十幾秒的「冷凍瞬殺・雪夾冰Q」，讓敵人完全斷氣──

我護著被咬的左手，慢慢蹲下來，仔細觀察牠。

被負數十度的冷氣凍僵的蜈蚣的體長，感覺上比透過燈罩看時顯得小。此刻牠的身體已經完全披上一層白色的霜。我仔細觀察，發現牠的側腹上，好像有著什麼圖案──我覺得是那樣的。

啊，那圖案很像是……

……沒錯。那圖案就是這個城市有名的夏日節慶活動「五山送火」中的一山──青頭山的送火圖案「眼形」──地方上稱之為「貓眼」的「⦶」圖案。

5

「你是說：不久後，那隻蜈蚣的屍體就不見了。是嗎？」

深泥丘醫院的石倉（一）醫生微微歪著腦袋，重複地問了一次。

「嗯，是的。」

我點頭回答。

「為了收拾凍僵的蜈蚣，我把兩個塑膠袋套在一起，並且拿來免洗筷，準備把蜈蚣的屍體夾入塑膠袋裡丟掉。我去拿塑膠袋和免洗筷的時間不到三十秒鐘。」

「屍體就在那個時候消失了？」

「——嗯。」

莫非牠死而復活了？我這麼想著，心裡產生了極大的恐慌。妻子在這個時候過來，對我說：「你沒事吧？」她的表情看起來非常憂心。從沒有見過她這麼擔心、不安的表情。

「真的沒有事嗎？老公。」

「沒事。沒有事。」

我指著被冷氣凍得發白的地板說：

「妳看這裡。我剛才打死了蜈蚣。但是，牠不見了……」

「明明本來就沒有的。」

妻子堅持自己的看法。她的樣子一點也不像是在開玩笑。

「這裡沒有蜈蚣，一開始就沒有那樣的東西。可是你卻……」

原來妻子問「你沒事吧？」是「你的腦筋沒有問題吧？」的意思。

她一直遠遠地認真注意丈夫的舉動，看到丈夫因為害怕她看不到，也覺得應該不存在的蜈蚣，並且與之對抗的模樣，是不是會覺得丈夫的腦袋有問題呢？

了解到妻子的想法後，我告訴自己無論如何都要冷靜下來，努力地重新去掌握這不可解的狀況。

如果，如果妻子所說的才是事實，那麼，或許是我看到了「不可能有的東西」。我試著這麼想。因為應該已經被「冷凍瞬殺」的蜈蚣，卻莫名其妙地消失了，這就是證據……

……不，也不對。

這一切應該不是我的多心引起的，因為我的左手手背還在痛，這就是證據。我確實被那隻蜈蚣咬了，所以……

總之，暫且保留到底有沒有蜈蚣這件事的結論，還是先處理左手手背的疼痛問題吧！我先用冷水沖洗疼痛的部位，擦了家裡現成的軟膏，再以紗布包紮起來……我試著做了自己能處理的醫療行為。但是到了隔天的早上，手上的患部不僅沒有好轉的跡象，甚至還紅腫、發熱……我終於忍不住向這幾年來一直照顧著我的身體健康，和我私交也很不錯的深泥丘醫院的石倉醫生，發出求救的信號，撥了石倉醫生的手機號碼。

這一天是星期天，醫院是休診的。但是，醫生聽了我的描述後，卻很快地答應要幫我處理，說今天正好輪到他值班，讓我去醫院找他。

「雖然每個人的體質不同，但是蜈蚣的毒是相當厲害的。一定很不舒服吧？不過，不用擔心，並不是什麼攸關性命的問題……」

6

……事情就是這樣。

到了深泥丘醫院後，我在平常來醫院接受診療時的診療室內，把昨天晚上發生的事情，詳細地說給醫生聽。來醫院的目的，當然是要治療被蜈蚣咬傷的問題。但除了這個問題外，我還想知道第三者對晚上發生的奇怪事情，會有什麼看法。

醫生仔細端詳又紅又腫的我的左手，「唔」地沉吟了一下子。

「會痛嗎？」

「會。」

我用力皺著眉說。

「今天早上的那種痛要怎麼說呢？或許我的形容有點誇張了，但那真的是劇痛，好像是被老虎鉗掐住一樣的痛。甚至比被老虎鉗掐住還要痛，現在也還是很痛。」

「是嗎？——唔，這件事真的很奇妙呀！」

「怎麼說？」

「確實腫得相當嚴重，而且也會疼痛吧？可是呢，不管怎麼看，都看不到有類似被蜈蚣咬到的傷痕呀！」

「呃。」

「如果被咬的話，一定會在皮膚上留下傷口。可是你的手背上卻沒有類似的傷口。時間只有從昨天晚上到現在，傷口不可能這麼快就癒合了。」

「這……」

我重新認真地看著自己的左手

「這是為什麼呢？」

「那個——」

醫生的手指摸著遮住左眼的茶綠色眼罩邊緣，回頭看坐在診療室角落的年輕女子。那是我很熟悉的咲谷護士。她好像也很巧的在假日時值班。

「咲谷，妳有什麼看法？」

醫生問。於是咲谷護士嘴角微微含著笑意說：

「先生看到了，但是妻子卻說沒有看到；應該已經被殺死的蜈蚣，屍體卻不見了……還有，明明被蜈蚣咬傷了，卻不見傷口——不就是那麼一回事。」

就是那麼一回事？

「我想，昨天晚上先生看到的，一定就是鬼吧！」

「嗄？」

我忍不住提高了聲量。

「妳說——鬼？」

「嗯。」

護士很平靜地點頭又說：

「那是蜈蚣的鬼魂。最早發現的，應該是那兩隻貓……」

「蜈蚣的鬼魂？」

突然這麼說，是在開玩笑吧？我訝異地轉頭看醫生問：

「那個……醫生的看法呢？」

「我的看法和咲谷一致吧！」

「嗄？」

我忍不住又發出這樣的驚嘆聲。

「怎、怎麼會有那種事？」

「鬼呀幽靈這種東西就是這樣的吧？雖然有人看見了，但是別人卻看不見。有『看得見的人』，也有『看不見的人』。貓或者某些動物的感覺比人類敏感，所以……」

「你們認為我昨天晚上看到的**那個**，是鬼？」

「不能否認那種可能性。」

醫生一本正經地說，不像是在和病人開玩笑。我實在不知道該怎麼說了。

「但是，醫生，我記得……上次醫生也說過不相信有鬼魂這種東西的。去年春天的時候……」

去年春天，我在散步的途中，突然聽到神社的鈴聲，沒有人拉鈴緒，鈴卻自己響了……那確實是去年春天的事情——因為覺得不可思議，所以和醫生討論，在說給醫生聽的時候，醫生當時也確實那樣表示了。

「這世界上確實有不可思議的事情，但不包括『鬼』——沒錯，確實是那樣。」

醫生很乾脆地如此回答了。

「那為什麼……」

「只是，那時我們討論的是人的鬼。」

「──嗄？」

「我完全不相信人的鬼魂是存在的。但是鬼魂也有很多種吧？若是蜈蚣的鬼魂，我認為是存在的。眼下你所遇到的事情，就是有力的證明。」

沒有人類的鬼魂，卻有蜈蚣的鬼魂嗎？

──怎麼會有這種事？

醫生看著愈發無法理解的我。

「啊，你不知道嗎？」

醫生訝異地瞪大了眼睛。我也瞪著雙眼說：

「那個……醫生，您是說真的嗎？」

「當然。聽說那個是很少**出現**的東西。」

「所以，昨天晚上我看到**那個**了？」

「或許你是看得見的體質。」

看得見鬼蜈蚣的體質？──有這種事？

「這種事──還是算了吧！」

「有好幾件事都可以當作證據，所以你也不得不相信吧！」

「……」

「首先，冬天的這個時期，蜈蚣應該是停止活動的。其次，蜈蚣基本上喜歡暗而且狹窄的空間，一般不會像羽虱一樣鑽進光線明亮的燈罩裡面。而且……」

……妻子甚至強調地說過「一開始就沒有那樣的東西」，明明在地板上的屍體卻消失了，被咬之後卻不見傷痕。啊……沒錯，的確有足夠的證據。但是，但是——

「那我的手痛、手腫，該怎麼解釋？」

「我很不想說那是你的疑心所致。因為太自以為是的疼痛，而讓身體產生發炎反應的現象，這種事並不能說是沒有的。這就是所謂的偽藥效果。」

「唔——那手痛怎麼辦？」

「你只要不在意，就會好了。」

——醫生雖然這麼說，但我很難接受這種說法。

「還有一個決定性的證據。」

醫生繼續說：

「昨天晚上的蜈蚣肚子上有奇妙的圖案。你剛才這麼說過吧？」

「啊……是。」

「你說那圖案像青頭山送火的眼形，是吧？」

「是的，是那個樣子……」

「那是貓眼蜈蚣的特徵。」

「貓眼蜈蚣？」

我又張大了雙眼。

「有那種蜈蚣？」

「你不知道貓眼蜈蚣？」

「第一次聽到這個名字。」

「喔喔。」

醫生像剛才的護士那樣，嘴角微微含著笑意說：

「也難怪啦，畢竟那不是現在存在的東西。」

「現在不存在？」

「貓眼蜈蚣是日本的這個地方才有的稀有品種蜈蚣，而且已經滅絕了。大約距今五十年前，在保知谷的竹林裡捉到的那一隻，據悉是最後的一隻……」

貓眼蜈蚣已經絕種了？所以我看到的是鬼？

就算我想相信醫生所說的，但是為什麼偏偏是昨天晚上，偏偏出現在我家的那個燈罩裡呢？又為什麼偏偏一定要讓我看到呢？

好像想太多、太煩惱也無濟於事。於是我決定停止思考，不再去想這個問題。但是，就在我放下這個問題的瞬間，我覺得手上的疼痛感覺，似乎愈來愈模糊了——

7

從醫院回到家的時候，左手上的疼痛與紅腫已經完全消失。即便如此，我還是無法心悅誠服地相信醫生說的那些話。

「今天晚上和對面的森月夫婦一起去外面吃吧！」

妻子對正在發呆的我說。

「已經和他們說好了。怎麼樣？可以嗎？」

「啊，好呀——要吃什麼？」

「這個季節當然是吃螃蟹囉。餐廳已經預約好了，是人文字町的『螃蟹安樂』。」

「啊……螃蟹呀？」

我不太願意，但是妻子和對面的森月夫婦似乎都非常喜歡吃螃蟹。看來，我是非奉陪不可的。

去年……不對，是前年的十一月或是十二月吧？我們四人在剛剛入冬的時候，也一起去吃螃蟹。咪嗚——確實是那樣沒錯。

我突然想起來了。

那時也是去人文字町的「螃蟹安樂」……咪嗚。話說回來，那時好像還有什麼奇怪的事，那是咪嗚……咪嗚……但是。咪嗚、咪嗚咪嗚咪嗚的，那是什麼？

那天晚上，在到了約定的時間時，我和妻子按了森月家的電鈴。像以往一樣的，森月太太負責開車，我們四人一起坐車前往餐廳。

隆冬的夜空萬里無雲，高掛在東邊紅叡山上方的滿月，發出清澈的光芒。

在上車前，妻子和森月太太——海子小姐抬頭看著月亮，頻頻嘆息地說：

「好美的月亮呀！」

於是我也抬頭看著東方天空上的滿月月亮。

突然——

我打了一個哆嗦，並且覺得毛骨悚然。

那是……啊！

又大又圓的滿月掛在半空中。

這時我的眼睛捕捉到的是：一條不知道是什麼的長長黑影，沿著滿月的內圈，蠢蠢地蠕動著——我覺得是這樣的。

傳說月亮裡有兔子，但那顯然不是兔子的影子，那是……啊，和昨天晚上在燈罩裡蠕動的東西是一樣的……

在我旁邊的森月先生也轉頭看望東方的天空，還發出「哇！」的驚呼聲。我嚇了一跳，心想：莫非他也看到**那個**了？

「森月先生也能看到那個嗎？」

我提心吊膽地試著問。森月先生先是「唔？」了一下，但很快地歪著頭回答說：

「當然，當然能看到。」

他露出笑容又說：

「很美的滿月呀！」

廣播塔

1

天空。

黃昏時的天空怪異地扭曲著，整個空間有著奇妙的失真感——我覺得是這樣的。

夏天，黃昏悄悄降臨的時間，我散步來到途中的公園，獨自坐在公園內的長凳子上，一手拿著攜帶型菸灰缸，抽著菸。

公園內有五、六個小朋友在嬉戲。他們沒在玩球或其他的玩具，只是嘩哇、嘩哇地歡叫著跑來跑去。

看樣子好像在玩踩影子遊戲。我終於注意到這一點。想到現在的孩子竟然也會玩這種遊戲，我的心情竟然不可思議地平靜了。

我只是不經意地抬頭看了天空。

除了幾抹隨風飄的淡淡的雲外，天空非常晴朗。那樣的天空將隨風飄蕩的雲染成紅色。那是含著一點點黑濁、讓人不自覺地會心緒不寧的深紅色。

那邊明明是南方的天空，卻……那時我這麼想著。

我的視線轉向右上方，正在西沉的太陽輪廓變得模糊了。起伏平緩的山巒逐漸變成黑色的翦影，天邊的暗紅色擴散著。我心裡想著：好久沒有看到色彩這麼鮮艷的黃昏了。

那邊，對，應該是西邊的天空。

黃昏的時候，西邊天空的夕陽……應該是這樣的，但為什麼方向不對的南邊天空，會有那樣的顏色呢？

我站起來，轉動脖子看向天空。

夕陽的顏色還沒有到達天空的中央，東邊和北邊的天空，還是泛著白色的暗青色。西邊和南邊之間的西南方天空一帶，暗紅色正在漸弱淡出。然而——

有點距離之外的南邊天空那一帶，卻是那麼的紅！

彷彿夕陽只為那個地方而燃燒，彷彿那個空間有著某種特殊的扭曲。

我覺得奇怪，但那也只是幾秒間的情緒。因為依據溫度、濕度與氣壓的不同狀態，或許有時也會發生這樣的現象吧！

從東邊的山上往下吹的晚風，突然靜止了。我一邊在菸灰缸中揉熄已經變短的香菸，一邊坐回長凳子上——到了這個時候，我才注意到。

小孩子們的聲音不見了。

跑來跑去的腳步聲也不見了。

「咦？」

我忍不住發出疑問聲，然後東張西望地尋找他們的蹤影。結果……

找到了。

他們在公園的西南邊角落。從我所在的北邊看過去，雖然枝葉茂盛的樹木妨礙了我的視線，但還是可以找到孩子們的身影。

不過，剛才孩子們那種嬉戲、歡叫的聲音，卻一點也聽不到了。看起來，他們好像只是安靜地聚集在那裡，或是他們正用不會傳達到這裡的聲音，小聲地交談著？還是……

我離開長凳子，朝孩子們的方向走去。孩子們的模樣，讓我感到不放心。

當我慢慢接近那裡時，一座矗立在公園的那個地方，看起來像塔一樣的建築，映入我的眼中。以前完全不知道那裡有那樣的建築——

那東西的高度大約有兩公尺半。

是暗褐色的石造建築。

乍看之下，它的形狀讓人覺得它像一個大燈籠，或是一座小小的時鐘塔。那是個已經很老舊的建築物。

夕陽已經消失，在逐漸變暗的天色中，我勉勉強強看清楚孩子們臉上的神情。他們——在笑。

沒有笑聲，只能從他們臉上的表情，知道他們在笑。

他們默默地笑，偷偷地笑，癡癡地笑，好像……

對，好像他們抬頭仰望著的那座塔，正流放出什麼令人愉悅的「聲音」。

可是，我的耳朵聽到的是——

剛才靜止的風聲再起，公園內的樹木們開始沙沙作響。我只聽到這些聲音。

仰望天空，南邊天空還是被深紅色滲透佔領著。

2

回家後，我立刻對妻子說了公園裡的事。

「你說的公園，是深泥丘醫院旁邊的那個兒童公園嗎？」

「是，是。聽說那裡叫做『深泥丘第二公園』。」

「這麼說的話──」

妻子邊撫著綁成馬尾的頭髮邊說：

「應該是廣播塔吧！」

「廣播塔？」

「正確地說，是**它的遺址**──你不知道嗎？」

「唔……不知道。」

「你看你看，最近Q新聞不是有報導嗎？政府最近在調查各個公園內的舊設施，調查結果出爐，發現這個城鎮現存的舊廣播塔，全部共有八座。你沒有看到這則報導嗎？」

「──沒有。」

「真拿你沒辦法。」妻子說著，輕輕瞪了我一眼。

「廣播塔是昭和初期，日本放送協會在日本各地自治區的公園或廣場設置的設施。如文字所形容的，它的外形是塔狀的，塔內有無線電的接收機器和播音機器，可以對民眾進行廣播。在收音機還沒有普及到一般家庭時，住在附近的人都會聚集到塔附近收聽廣播，例如收音機體操、棒球轉播之類的。廣播塔的功能，就像二次大戰後的街頭電視。」

妻子概要地解說，我很認真地點頭聽著。

「有那種東西？」

「這是大家都知道的事呀！你真的不知道嗎？你以前應該聽過，恐怕是你自己忘了吧？」

「這個……」

總之，這幾年來，我的記憶力急劇模糊化，所以對於妻子問我的話，老實說，我實在沒有信心給妻子一個肯定的答覆。

妻子看了我的反應，微微歪著頭「嗯」了一聲後，低聲說「算了」，才又接著說：「或許是受到戰爭的空襲、被燒毀的緣故，目前全日本所剩的廣播塔已經不多了。」

她繼續解說道：

「不過，我們這個城鎮幾乎沒有遭遇空襲的破壞，所以似乎還留下不少廣播塔的遺跡。但是鎮公所之前沒有哪裡有廣播塔的紀錄，所以才會在最近進行調查現存廣播塔的事。」

「原來如此。」

「這些廣播塔中最有名的，就是圓谷公園裡的廣播塔。你不會連這個也不知道吧？」

「圓谷公園裡的……唔。」

我的記憶慢慢醒了。聽妻子這麼說，我想到——

「從夜坂神社進去那個公園的附近，好像有那樣的塔。」

「對，就是那個。八〇年代初，曾經為了某場紀念活動而修復那裡的廣播塔，讓播音器能播放出聲音。」

「其他的廣播塔現在都不播音了嗎？」

「其他廣播塔裡的播音器不是被拆掉了，就是已經壞了，被棄置在原處。至少深泥丘公園這邊的廣播塔，我也覺得是不會再響了。」

「是嗎？」

但是，那時……

那時，那些孩子們聚集在那個廣播塔的周圍，臉上帶著愉悅的笑容……

或許那時他們聽到了從塔裡播放出來的**什麼**聲音——我的耳朵聽不到的**什麼**聲音。

什麼到底是什麼？而且，又是為什麼？

妻子突然拍了自己的手臂。

「真討厭，蚊子跑進來了。」

「嗯，最近我連蚊子飛的聲音也聽不清楚了。」

「蚊音！是嗎？」

「是啊。好無奈。」

步入中年以後，不管是誰，身體的感覺都會產生變化。例如聽覺神經會隨著年齡的增長而逐漸衰退，某些周波數以上的高音，從前可以聽到，現在卻聽不到了。

是因為這樣嗎？我心想著。

從深泥丘第二公園的那座廣播塔放送出來的周波數的聲音，是我聽不到，但孩子們聽得到的聲音……

……即使是那樣沒錯，但是，那廣播塔為什麼還能放送出聲音？

應該已經不會播放出聲音的老舊廣播塔，為什麼還能播放出那樣的聲音？而且……

聽了那聲音後，為什麼孩子們會露出那麼愉快的笑容？

3

這是七月下旬——七月第四週的星期四所發生的事情。

我在隔日的午後，再度前往深泥丘第二公園，並且就近仔仔細細地觀察了那座建築物的樣子。

如妻子所說，那裡確實是戰前的廣播塔遺跡。

暗褐色的石造建築。

上窄下寬的四方塔形建築——

一支像天線般的黑色金屬棒，豎立在平坦屋頂的中央。略微凸出建築物的四邊屋簷下面，各有一扇裝著鐵格子圍欄的橢圓形窗戶。我伸直了背，探看窗戶裡面的情形。每扇窗戶內都是空空蕩蕩的。以前這些窗戶裡，應該都有廣播用的機械設備吧！

繞到塔的後方看，在位置較低的地方有一扇縱長形的鐵門。我試著用力握了一下門上的把手，不知道是被上鎖了？還是生鏽了？把手完全不動。

果然不會有廣播的聲音。可是……為什麼那時那些孩子們會……？

我的心裡雖然很在意這一點，但再怎麼想也想不出答案。後來我還好幾次在散步時順便去公園看看，卻再也沒有遇到之前的那種情形，當初的疑慮也漸漸模糊。然而——

進入八月，盂蘭盆會的時期來到，慣例於晚上進行「五山送火」活動的前一天——那天是星期六。

4

這次是早上。

預計在盂蘭盆會後交的稿子因為寫稿的速度一直不順利，所以這些日子我總是過著日夜顛倒的生活。老是覺得睡眠不足的我，在這一天的黎明將至時，放下讓我一籌莫展的稿子，為了轉換心情，決定在天將亮時出門散步。

雖然是炎熱的盛夏八月中旬，但是黎明前室外的空氣意外的涼爽，是非常舒服的天氣。我一步一步地走在沒有行人也沒有車輛的道路上，很努力的讓自己的腦袋放空……不久，當東邊紅叡山上空鮮艷的朝霞開始擴散的時候，我正好走到深泥丘醫院斜對面的那個公園前面。那裡——

我視線自然而然地停在那裡。

廣播塔就坐落在公園角落，此時塔的周圍聚集著幾條人影。

這麼早！那些人到底是誰呢？

我懷著理所當然的疑問踏入公園內。靠近看後，我馬上就理解了。聚集在塔周圍的，是幾位老人家。

他們的樣子和我在七月下旬的那個黃昏看到小孩子們的樣子，基本上非常相似。看他們的年齡，好像都已經超過七十歲了；數一數，總共是六個人，有男也有女。他們每個人都安靜地站著，默默地抬頭看著塔，並且……啊！不一樣！

他們沒有回頭看向已經靠近他們的我，但我卻看到了他們臉上的表情。那是非常悲傷的表情。和孩子們掛著笑的表情恰恰相反，老人家們的臉上，是各種哭泣的表情。

他們都在流眼淚。

沒有哭泣的聲音，只有哭泣的臉。

彷彿……對，彷彿廣播塔正在播放什麼悲傷的「聲音」。

可是，我什麼也沒有聽到。我更靠近塔，還豎起了耳朵來聽，仍然是什麼聲音也沒有聽到。

「請問……」

我忍不住問其中的一位老人家。

「你們為什麼這麼悲傷呢？這個廣播塔播放了什麼……」

老人沒有回答我。

老人只是抬頭看著塔，表情扭曲地皺著眉，無聲地哭著，臉頰上還有清楚的淚痕——我覺得是那樣。

莫非是——我突然有種想法。

是和小孩子的耳朵聽得到，而我的耳朵聽不到的蚊音一樣的「聲音」嗎？有些聲音是只有某種年紀以上的老人家才聽得到的特殊聲音……不，不可能，從來沒聽說過有那樣的事，理論上也不應該存在那樣的聲音。可是——

既然是那樣，卻為何呢？

這些老人們為什麼會這樣的……

想不出個所以然的我，抬頭看裝著鐵格子的橢圓形窗戶裡面。

那裡面明明已經沒有會發出聲音的任何機械裝置了。

明明什麼也沒有。

明明是空空蕩蕩的，卻為什麼……

「這麼早就出來散步嗎？」

突然有人在我的背後這麼說，我嚇了一跳地回頭看。對我說話的，是一位年輕的女子。她穿著緊身牛仔褲，紅色的T恤和乳白色的夏季開襟線衫，很一般的打扮。我馬上就認出她是我所熟悉的深泥丘醫院護士。咲谷……沒錯，她姓咲谷，而她的名字是……啊，是什麼呢？我記得我聽過的（或者是看過）她的名字，但又好像沒有……

她也是「這麼早」，不是嗎？我有點慌亂地回應了她的招呼。

「明天就是送火的日子了。」

護士停下腳步這麼說。我連忙回答說「啊，是呀！」然後又說：

「今年是五山吧？」

因為想起幾年前的事，所以如此確認地問。護士聽到我的問題後，微笑地點頭說：

「今年好像不是**六山之年**，而且……」

這個城市每年都會舉辦以人文字山為始的「五山送火」點燈活動，但是每隔數年會有一次「六山送火」，加入送火活動的第六座山是保知谷的無無山。如果我沒有記錯，三年前的那個夏天，我在深泥丘醫院的屋頂上，第一次看到第六座山的文字……

嘰咿咿！

尖銳的鳥叫聲突然在心底的某個地方響起——我覺得是這樣的。

嘰咿咿咿咿咿咿！

「明天送火的日子是十六號，今天是十五號。所以……」

咲谷護士一邊說，一邊看著圍繞在廣播塔周圍的老人家們。我「唔」地含糊點著頭說：

「今天是十五號……」

我在自己說出這句話時，終於注意到了。

八月十五日！——原來如此嗎？

六十多年前，日本這個國家在這個日子結束了漫長的戰爭……啊！然後呢？不——

抬頭仰望南方的天空，那裡被染上讓人心神不寧的暗紅色，好像東方天空的朝霞只延燒到了那裡。

嗚哇哇哇！

之後，我感到暈眩了，是過去未曾有過的又急又猛的暈眩。結果——

我悲慘地當場昏倒。聽到咲谷護士「啊！」的叫聲後，我失去了意識。

5

醒來時，我躺在床上。這裡是熟悉的深泥丘醫院的病房。

「你剛才睡得很熟。現在覺得怎麼樣？」

被護士請來的醫生，以平穩的語氣對我說。他是個子高大，左眼戴著茶綠色眼罩的腦神經科醫生石倉（一）；也是我這些年來的主治醫生。

「不過，今天早上我也嚇了一跳，因為聽說你突然在公園裡昏倒了。」

「啊……是的。」

那時突然失去意識的時間其實很短暫，後來在咲谷護士的陪伴下，我很快就來到醫院。雖然說我已經習慣暈眩這種事，失去意識的時間也很短，但像那樣突然昏倒，卻是第一次——大概是因為那樣，所以值班的醫生認為事態嚴重，立刻請石倉醫生來了解我的情況。

「我到醫院的時候，你已經睡得很沉了。因為值班的醫生已經做了必要的處理，你也已經不是昏倒的狀態，而是處於正常的睡眠狀態，所以我就讓你繼續睡。」

「不好意思，讓大家虛驚一場了。」

「幸好今天早上咲谷小姐也在那裡。不過，話說回來，去年夏天好像也發生了類似的情況吧？好像是地藏盆會的日子，也是在那個公園裡。」

「——是的。」

我點頭回答，其實我對當時的記憶已經記不清楚了。去年夏天的地藏盆會那天……

啊！是那樣嗎……

在那個公園的地藏廟前面，那時確實……

「和平常一樣的暈眩嗎？」

「是的。不過，我覺得比平常的暈眩來得更急更猛，所以……」

「所以失去意識了？」

「失去意識的情況好像只有幾秒鐘。後來咲谷小姐扶我起來，馬上就來醫院了。」

「到了醫院後，還有暈眩的感覺嗎？」

「沒有了。到醫院時，就已經不覺得暈眩了。」

「現在會覺得頭痛嗎？除了頭部以外，還覺得什麼地方不舒服嗎？」

「我覺得我已經沒事了。」

「有耳鳴的現象嗎？」

「唔……沒事了。」

接受醫生這樣的問診後，醫生又為我做了胸部的聽診，還量了血壓，調查血液的氧氣濃度。

「慢性的精神壓力與疲勞，再加上睡眠不足，一定會讓人生病的。應該是急性貧血讓你昏倒的吧！」

「——是。」

「我覺得不必太擔心。不過，謹慎起見，今天晚上你還是在醫院裡住一晚。好嗎？」

被醫生這麼說，我心裡突然產生了問號。我到底在這張床上睡多久了呢？

「那個——現在幾點了？」

「現在已經是晚上，晚上七點了。」

「啊，那麼久……」

「你確實睡了很久。給你服用的鎮定劑也有讓你睡覺的作用……重點是，你的身體很需要睡眠吧？」

石倉醫生的手指摸著左眼的眼罩，右眼眼神嚴厲地看著我。

「我了解你的工作情形，但是，也不能因此而不顧自己的身體。你明白吧？」

因為已經不再年輕了，所以——我非常清楚這樣的現實面。看來盂蘭盆會後交稿的事，只好讓對方再等等了。我一邊對自己這麼說，一邊乖乖地點頭答應醫生的要求。

「對了，還沒有聯絡上尊夫人。」

醫生又說：

「試著打過好幾次電話到府上，但她好像不在家。」

「啊，她不在家。今年的盂蘭盆會她必須回去娘家。」
「她娘家在南九州的貓目島。是吧？」
「嗯。預定後天回來。」
「要聯絡娘家那邊嗎？」
醫生這麼問，我稍微想了一下，搖搖頭說：
「不，用不著特地聯絡了，那樣只會讓她多擔心。」

6

「不過……」
石倉醫生轉移話題道：
「你今天早上在公園裡昏倒時的情形，我已經問過咲谷了。她說你不知道為什麼在抬頭看天空後，就突然昏倒了。是那樣嗎？」
「——是的。」
我手摸著額頭，回想十幾個小時前的情形。
「南方的天空……一片火紅。我覺得天空好像扭曲了。」
「南方的天空？不是東方嗎？」
「是南方。好像從東方天空的朝霞延燒過去一樣……不過，那一定是一種自然的現象吧！我就是在那個時候突然感到暈眩的。」

「嗯嗯。」醫生低聲地如此回應，手指又去摸眼罩的邊緣，接著便說了這樣的話：

「從那個公園看過去的南方的話——正好是蒼馬町一帶吧。」

「蒼馬町？」

我不自覺地重複了醫生所說的地名。醫生小聲地說了聲「不會」，然後搖搖頭又說：

「又怎麼樣呢？那樣的事情當然是不會存在的。因為終戰紀念日，所以才會忽然有那樣的聯想吧！」

「你的意思是什麼？」

「你不知道嗎？戰爭的時候，大家都說這個城市幾乎沒有遭受空襲，其實並不是那樣。這個城市也遭受過好幾次的轟炸，而最早遭受到戰爭災害的，就是蒼馬町一帶。」

「啊……嗯。」

想起來了，很久以前曾經聽父親說過這件事。

十二年前，我的父親因病而離開了人世。第二次大戰的時候，父親還是小學生。戰爭結束的那一年年初，父親為了躲避戰爭，離開這個城市，疏散到鄰縣的鄉下，住在離蒼馬町不遠的地方……

——那時真的很可怕呀！

父親粗糙而響亮的聲音，在我耳中甦醒了。

——因為半夜裡巨大的轟隆聲和地震的聲音，我連忙跑到外面看，發現蒼馬町那邊著火了。

在剛剛之前，這聲音還沉睡在內心最深處的記憶裡。

——直到現在也無法忘記那些逃出來的人們的喊叫聲、房子被燒毀的氣味、那附近的天空被染成紅黑色的模樣。

又怎麼樣呢？那樣的事情當然是不會存在的。應該是不存在的，但是……

「對了。」

這次改變話題的人是我。

「公園裡有一座以前留下來的廣播塔。」

「嗯，有的。」

「那裡的廣播器材已經被拆除了，所以現在不會再傳出聲音了吧？」

「是的。應該是那樣。」

醫生點頭回答。但是，不知道是不是我多心了還是怎樣，我覺得他的臉上有那麼一瞬間出現了僵硬的表情。

「是這樣的，我看到了奇怪的情形。那座廣播塔的旁邊……」

於是我把上個月下旬的黃昏時刻，在那裡看到小孩子的情形，與今天早上老人們的樣子，說給醫生聽。醫生聽了後，緩緩的將雙臂交抱在胸前說道：

「孩子們在笑，老人們在哭……是嗎？」

然後「唔」一地低聲沉吟。

「你什麼也沒有聽到吧？」

「是的。上個月和今天早上一樣，我什麼也沒有聽到。」

雙臂交抱在胸前的醫生又是一陣「唔嗯」地沉吟。我問：

「醫生對這件事有什麼看法嗎？」

「沒有。」醫生先是這樣否定，但很快又說：「但是——」接著才說道：

「我聽地方上的老人家說過，那座廣播塔確實從以前就在那個公園裡了。戰前的時候，每天早上附近的居民都會在廣播塔的前面排隊，然後一起唱〈君之代〉[27]，和做收音機體操。但是——」

「怎麼樣？」

「好像還有一種說法，說是戰後的某個時期裡，那個曾經消失不見。」

「消失不見？……說的是廣播塔嗎？不是在戰爭時不見了？是戰爭結束後不見的？」

「嗯。是戰後不久的事，發現如呂塚遺跡時，廣播塔曾經消失過。」

「如呂塚……」

完全感覺不到兩者之間會有關聯呀！我無語了。

「不過，幾個月後，廣播塔又恢復到原來的位置上。這些我也是聽說來的。」

「怎麼會有那種事呢？」

27日本國歌。

我的腦子裡一片混亂。但比起腦子裡，我的情緒更加混亂。

「那到底是怎麼一回事？」

「誰知道呢？我也是聽一位高齡的老人說的。因為實在無法判斷事實到底如何，所以老人家說的話，也只能照單全收了。」

因為太過不可思議了，所以只好接受不可思議的說法嗎？

「但是，醫生——」

我提出剛才一直耿耿於懷的問題。

「你聽過那個廣播塔播放出來的聲音嗎？怎麼樣？聽過嗎？」

醫生的一邊臉頰輕輕顫動了一下——我覺得是那樣的。

「聽過嗎？」

我再問一次。醫生稍微頓了頓說：

「沒有聽過。一次也沒有聽過。」

醫生大弧度地擺動頭部，回答我的問題。這時他的表情、他的聲音是——

我感覺他的表情、他的聲音，都帶著強烈的困惑與恐懼的色彩——我是這樣覺得的。

7

那天晚上我睡不著。

或許是白天睡太多、太久了，晚上就變得很難入眠。吃了安眠藥後，雖然短暫地睡著了，卻又很快就醒來，處在睡睡醒醒的狀態，並且每次醒來時，都覺得剛剛作了什麼可怕的惡夢。

到了半夜，我決定不睡了。我離開病房，想去看看公園裡的廣播塔。

但去了那裡後會怎麼樣？要去那裡做什麼呢？我完全沒有想到這些，腦袋還處在半朦朧的狀態，只是順著自己的下意識行動。

我不記得自己是在什麼時間，經過什麼樣的路線離開醫院的，只記得當我的意識比較清楚時，我已經潛入深夜的公園，獨自站在那座廣播塔的前面了。

悶熱夜晚。

白天好像下過雨了，所以我的腳底下有點泥濘，周圍的地面上有些小水窪。

我靠近廣播塔，抬頭看橢圓形的窗戶，並且豎起耳朵。然而，非常理所當然的，我什麼也沒有聽到。

再往前幾步，我試著將手伸向塔的外牆，藉著手掌確認帶著濕氣的石頭的觸感。接著，我把一邊的耳朵貼在牆壁上。結果……

……有聲音。

透過牆壁傳來的細微聲音——那是什麼聲音呢？

叩、叩叩、叩……

……般的聲音。

好像是地面振動的聲音，聲音雖小，但聽起來很沉重。

叩叩、叩、叩叩叩叩……

那是什麼？

我驚慌地連忙挪開貼在牆壁上的耳朵。

那是什麼呢？剛才的……

我不想再把耳朵貼在牆壁上了，心想：繞到塔的後面看看吧！於是——

原本怎麼用力握把手，也絲毫不動的鐵門不知為何竟是打開著的。像張開嘴巴的黑色縱長形洞穴……

我提心吊膽地慢慢靠近打開著的鐵門。

然後，我彎著上半身，窺視門內的那一邊。

奇妙的是，那個洞似乎不只通往塔內部的空間。我雙手抓著門框，把頭稍微再往洞裡面伸。

理所當然的，裡面一片漆黑，什麼也看不到。但是——

這個洞一定是從這裡延伸到地下的入口。我直覺地這麼想。

持續凝目細看了一會兒後，漸漸能夠看到黑暗洞穴的深處了，那裡是比「黑暗」更加暗的濃密之暗。就在我有這樣的感覺時——

呼——我感覺到從下面衝上來的空氣振動。

叩叩、叩叩叩叩叩叩……

此時我又聽到了剛才耳朵貼在牆壁上時聽到的沉重聲音。

而且還——

Q～N！

尖銳而可怕的奇怪聲音從黑暗的底層噴射出來。

Q～～～N！

我大叫「哇！」一聲，馬上跳離原地。我的身體因此失去平衡，慘兮兮地一屁股坐在泥濘的地面上。

啊……那是什麼？

今天的**那個**，到底是什麼？

在已經嚇呆了的我的眼前——

咚、咚咚咚咚咚咚咚咚咚咚……

隨著劇烈的地面振動聲，出現了讓人無法相信的變化。

塔！

石造的那座塔——整座的塔，在我的眼前清清楚楚地開始往**那裡**下沉。

我重新站好，一點辦法也沒有，只能呆呆看著那樣的情景。

不久之後，如文字所能形容的，塔被地面吞噬，消失不見了。地面上出現一個直徑數公尺的大洞穴……

Q～N！

我又聽到剛才那個異樣聲音。

Q～～～N！

聲音從張開大口般的黑暗洞穴裡噴射出來。

啊，這是……

我全身僵硬，強烈的恐懼佔據了我的身心靈。

這個是……我記得以前好像曾經聽過相同的聲音——那是什麼時候（……五年前的秋天）呢？那是什麼地方（山丘的那一邊的……）呢？那是什麼事（火車向前猛衝……啊！多麼可怕的情景！）呢？那是……

那是能夠想起一些，又沒有辦法完全想清楚的模糊記憶。我嚇呆了，再次跌坐在泥濘的地面上。

嘰咿！

我聽到頭上方有鳥叫聲。在夜裡振動黑色巨翼的大鳥的……

嘰咿咿！

我抬頭看，但看不見已經融入同樣黑色的暗夜裡的**那個**。

只是，我確信**那個**確實存在，在這深夜的空中——這一瞬間我確實如此相信著。

我將自己視覺的幾分之一投射到空中，跌坐在地上的我因此得到了大鳥的「眼」。

大鳥在空中緩緩地盤旋，不一會兒工夫，「眼」看到了地上的我的身體，也看到公園角落像張開大嘴巴的大洞，然後……

大鳥長而尖銳的嘴巴朝著地面的方向，以旋轉的動作開始快速下降。

那是一點遲疑也沒有的超猛烈速度。

大鳥衝進黑暗的大洞內。

一直往深處去。

往深處去……

嘰咿！

巨鳥的叫聲。

Q～N！

和地底的異樣聲音。

兩種聲音劇烈地碰撞、交纏在一起，然後合而為一地從大洞裡噴射出來。我的視覺在這個時候從大鳥的「眼」裡彈了出來……

「咻！」地，所有的聲音都被黑暗吞噬了。

我屏息以待。

……

……

不久……

從大洞穴中緩緩出現的，是散發著朦朧白光的巨大象形文字「鳥」。這個象形文字在我的眼前扭轉變形，漸漸變成另外一個象形文字「馬」。

不知從哪裡傳來和「鳥」的叫聲截然不同的聲音，那是飄散著悲壯感的馬嘶聲，聲音強烈地震撼了夜晚的空氣。㸚那巨大的字體輕飄飄地浮到半空中了，然後朦朧白光漸漸褪去，㸚也終於消散於盛夏的空中。

明明是深夜，為什麼那一帶——這個城鎮的南方天空，會被染上奇怪的紅黑色。

後記

這是「深泥丘系列」的第二集。

本書的內容除了來自在怪談專門誌《幽》上連載的小說外，還有在其他媒體上發表的四篇小說。本書主要的出場人物與事件發生的地點，基本上和第一集完全相同，因此說本書是第一集的續集也不為過。不過，從作品的性質來說，這本續集並不是一定要看第一集才能看的書——我是這麼想的——所以，請讀者們無須顧慮書的出版的順序，只要帶著輕鬆的心情來看這本書，作者就會感到十分榮幸了。

第一集的「後記」裡也說過，這一系列故事的敘述者「我」，和作者本人的我一樣，是一個職業作家；而故事的發生地點，則以我現在住的地方為模型，也就是我生長的京都市的市鎮。只是，作品中所說的「這個城鎮」，和現實中的京都地圖或地名似是而非，是「另一個京都」。所以，例如標題中的「深泥丘」，是現實中的京都市怎麼找也找不到的地方。現實中的京都裡，沒有那樣名字的「丘」，倒是有那樣名字的「池」，也就是「深泥池」。那個「深泥池」的附近，確實有一家醫院，不過，那家醫院並不是「深泥丘醫院」的模特兒。

在此要提醒諸位，因為「另一個京都」是相當扭曲的，所以請讀者們閱讀本書時要小心。

如前文所述，本書收錄的十篇中，有四篇是發表在《幽》以外的媒體的作品。關於那四篇中的某兩篇，我想在此多做介紹。

首先要提出來說的是〈恐是恐怖電影的恐〉這一篇。從二〇〇七年一月到翌年的十二月，我在某網站上和同為恐怖電影愛好者的夥伴牧野修兄，開始了關於恐怖電影的雜文接力連載。就在這些連載要收錄成單行本《ナゴム、ホラーライフ》（暫譯：平靜的恐怖生活）時，我「附帶」完成了短篇小說〈恐是恐怖電影的恐〉。〈恐是恐怖電影的恐〉發表後，為了把這篇小說妥善的安排到「深泥丘系列」裡，我想到了還不錯的點子，這個點子讓我後來完成了〈心之黑影〉與〈ソウ〉這兩篇小說。為此，我要特別感謝漱石老師。

「切割」是二〇〇九年十二月，為了慶祝光文社的《カッパ・ノベルス》（KAPPA NOVELS）創刊五十週年的紀念文集《Anniversary50》而寫的。應編輯部的要求，不限作品的形式，重點就是要把「五十」這個數字帶進作品裡，於是有了〈切割〉這篇小說。

和第一集比起來，雖然基本線一樣，都是以「奇怪的趣味」為主旨，但本書的趣味幅度更寬——我是這樣覺得的。身為作者，我相當喜歡這種感覺，所以打算今後能夠繼續創作這類作品。希望讀者們也能夠陪我繼續下去，我會感到無上的喜悅。

和第一集一樣，謝謝「Media Factory」的岸本亞紀子小姐與《幽》雜誌總編輯東雅夫先生給我的幫助。還要謝謝丹治史彥先生、似田具大介先生的大力幫忙。這些短篇小說能夠順利集結成單行本。當然也要謝謝讓書變得這麼漂亮，負責裝訂設計的祖父江慎，和畫了漂亮的封面與插畫的佐藤昌美小姐——謝謝大家。

二〇一一年 二月

綾辻行人

角川文庫版後記

這是先前出版過角川文庫版的《深泥丘奇談》續篇——「深泥丘」連續作品的第二集。雖說是「續編」、「連續作品」，但收錄的故事都各自有相當程度的獨立性，所以即使沒看過第一集就看續集，也不會有多大的問題。——我是這麼認為。

和第一集一樣，全篇都是以「京都」當舞臺。不過，在地圖、歷史、風俗上，與實際的京都略有不同，算是「另一個不可能存在的京都」。而住在這裡的推理小說作家「我」，也一如往常，遭遇各種怪事，而我還是老樣子，記憶不太可靠，所以親身體驗的「不可思議」和「恐怖」都不會一直念念不忘，也不太會為此煩憂。所以也請各位讀者不要煩憂，以輕鬆的心情享受書中各種奇幻的故事吧。

——就是這麼回事。

這次我同樣也會針對收錄的作品稍做解說。

〈鈴〉

理應空無一人的神社裡，參拜神殿的鈴突然作響。——這是在我目前生活圈中發生的真實體驗，但那應該是風吹搖晃之類的原因吧。而我在找尋其他「答案」的過程中，很自然地完成了這篇「奇談」。最後那一段描述頗富含意，連我自己也這麼認為。

〈小貓眼蟹〉

這應該算是繼第一集收錄的「蛀牙蟲」之後，再度出現棲息在「深泥丘世界」裡的虛構生物系列吧。在以「食物」為題材的含意下，也可說是《眼球綺譚》收錄的「特別料理」系列的故事。日本絨螯蟹作成的螃蟹湯是真實存在的料理，好像相當美味，但我也沒吃過，也不知道是幸還是不幸。

〈狂櫻〉

在實際參加的同學會（不是小學，而是國中的同學會）續第二攤或第三攤的場合中，突然想到的點子。這個作品與同年發行的《Another》主題有類似的關係，現在回頭看覺得很耐人尋味。特地在這裡說明感覺很不識趣，不過，故事中登場的同學們，姓氏全是取自實際的京都地名。

〈心之黑影〉

「深泥丘」連續作品基本上是以怪談專門誌《幽》做為發表的媒體，但本書裡頭有四篇例外。這就是其中一篇，是過去我曾在《小說昴》單獨發表的作品。每當有驚人的殺人事件引發軒然大波時，就會以得意的表情說出「心之暗影」這句必說的話，面對這種情況，想必會聽得很膩吧。

故事開頭的「作了這樣的夢——我覺得是那樣的。」不用說也知道，是引用自夏目漱石的《夢十夜》。

〈恐是恐怖電影的恐〉

這是為我和牧野修先生合著的恐怖電影相關隨筆集《ナゴム、ホラーライフ　怖い映画のススメ》所另外寫的新作品，以做為附錄。它的定位是接續「心之黑影」的「我做了這樣的夢」系列，在這個「夢」裡的世界，「我」不是小說家，而是一名警察。是猛然將連續作品的自由度提升許多的一篇作品。

〈深泥丘三地藏〉

為了《京都魔界地圖》這本像觀光指南般，帶有 mook 風格的「京都書」，而特別寫的全新作品。是我在新幹線上打盹時想到的題材——我覺得是這樣。故事的最後，劇情像幻想小說般發展，在這部連續作品中是我很喜歡的一個片段，同時也呈現出「深泥丘世界」所屬的「另一個（背面的）京都」與「現實的（正面的）京都」之間的關係，構成一個具有象徵性的小插曲。

〈ソウ（SOU）〉

因為太喜歡電影《奪魂鋸》系列，而順勢寫下的作品。寫這樣的故事真的好嗎——我在執筆時一直這樣問自己，但寫完後，覺得自己完成了一部風格獨具的怪作——我自己覺得是這樣，不過讀過的人所給的反應好壞參半。這也難怪。

〈切割〉

特別為光文社 Kappa Novels 創刊五十週年記念發行的競作集《Anniversary50》所寫的全新故事。因為五十週年，而以「五十」當作品的創作主題，為了回應這樣的要求，我絞盡腦汁，最後想出如果以「深泥丘世界」當舞臺，或許就能派上用場的這個奇怪的詭計（？）。

〈夜之蠕動〉

這個作品的一開始完全是以真實的故事為基礎。那真的是很恐怖的體驗。當貓注視著一個不存在的東西時，要特別注意。

〈廣播塔〉

京都各地都遺留了昔日的廣播塔，我從以前就對此很感興趣，一直打算日後有天要拿它來當題材。我探訪實際存在於圓山公園內的廣播塔，激起腦中的想像，與過去實際在京都發生過的「馬町空襲」一事產生連結，故事就此逐漸成形。故事最後現身的那幕光景展現的超自然之美，連我也深感陶醉。

—

話說，開始執筆至今已將近十個年頭的「深泥丘」連續作品，現在仍以緩慢的步調持續創作中。總有一天會推出續集，至少希望能整理出第三集，喜歡的讀者敬請耐心等候。

二〇一四年　八月

綾辻行人

國家圖書館出版品預行編目資料

深泥丘奇談・續 / 綾辻行人著；郭清華譯. -- 二版.
-- 臺北市：皇冠, 2023.08　面；公分. --（皇冠叢書
；第5095種)(奇・怪；24)

譯自：深泥丘奇談・続

ISBN 978-957-33-4055-3 (平裝)

861.57　　112011329

皇冠叢書第5095種
奇・怪 24

深泥丘奇談・續

深泥丘奇談・続

作　　者—綾辻行人
譯　　者—郭清華
發 行 人—平　雲
出版發行—皇冠文化出版有限公司
台北市敦化北路120巷50號
電話◎02-27168888
郵撥帳號◎15261516號
皇冠出版社（香港）有限公司
香港銅鑼灣道180號百樂商業中心
19字樓1903室
電話◎2529-1778　傳真◎2527-0904
總 編 輯—許婷婷
責任編輯—陳思宇
美術設計—李偉涵
行銷企劃—薛晴方
著作完成日期—2011年
二版一刷日期—2023年8月

法律顧問—王惠光律師

讀者服務傳真專線◎02-27150507
電腦編號◎512024
ISBN◎978-957-33-4055-3
Printed in Taiwan
本書定價◎新台幣320元/港幣107元